dtv

Der Arbeitsmarkt kennt keine Gnade, erst recht nicht für promovierte Philosophen. Als Gerhard Warlich sich um eine Stelle als Wäscheausfahrer bewirbt, gilt er als »hoffnungslos überqualifiziert«. Doch Warlich bekommt den Job und arbeitet sich hoch zum Organisationsleiter. Er richtet sich ein in diesem nicht allzu aufregenden, aber sicheren Dasein. Eines Tages jedoch erklärt seine Freundin Traudel ganz beiläufig, sie wünsche sich ein Kind. Diese Aussicht bringt Warlichs Existenz ins Wanken. Er wird vom Leben in die Zange genommen – mit ungewissem Ausgang. Wilhelm Genazino erzählt diese Geschichte eines traurigen Helden und seiner viel weniger traurigen Freundin mit verblüffender Lakonie.

Wilhelm Genazino, geboren 1943 in Mannheim, arbeitete zunächst als Journalist, später als Redakteur und Hörspielautor. Als Romanautor wurde er 1977 mit seiner ›Abschaffel‹-Trilogie bekannt und gehört seither zu den wichtigsten deutschen Gegenwartsautoren. Für sein umfangreiches Werk wurde er mit zahlreichen Preisen geehrt, unter anderem 2004 mit dem Georg-Büchner-Preis und 2007 mit dem Kleist-Preis. Genazino lebt als freier Schriftsteller in Frankfurt am Main.

Wilhelm Genazino

Das Glück
in glücksfernen Zeiten

Roman

Deutscher Taschenbuch Verlag

Von Wilhelm Genazino
sind im Deutschen Taschenbuch Verlag erschienen:
Abschaffel (13028)
Ein Regenschirm für diesen Tag (13072)
Eine Frau, eine Wohnung, ein Roman (13311)
Die Ausschweifung (13313)
Fremde Kämpfe (13314)
Die Obdachlosigkeit der Fische (13315)
Achtung Baustelle (13408)
Die Liebesblödigkeit (13540 und 25284)
Der gedehnte Blick (13608)
Mittelmäßiges Heimweh (13724)

Ausführliche Informationen über
unsere Autoren und Bücher
finden Sie auf unserer Website
www.dtv.de

2011 Deutscher Taschenbuch Verlag GmbH & Co. KG,
München
Lizenzausgabe mit Genehmigung
des Carl Hanser Verlag
© Carl Hanser Verlag München 2009
Umschlagkonzept: Balk & Brumshagen
Umschlagbild: Wildes Blut, Atelier für Gestaltung,
Stephanie Weischer unter Verwendung eines Fotos
von Trevillion Images/Michael Trevillion
Satz: Satz für Satz. Barbara Reischmann, Leutkirch
Druck und Bindung: Druckerei C. H. Beck, Nördlingen
Gedruckt auf säurefreiem, chlorfrei gebleichtem Papier
Printed in Germany · ISBN 978-3-423-13950-2

Das Glück
in glücksfernen Zeiten

EINS

Das einzige Straßencafé, das es in der Nähe unserer Wohnung gibt, ist wie üblich überfüllt. Nur mit Mühe finde ich einen freien Tisch. Die Sonne scheint schwach, es ist Spätnachmittag. Ich habe neun Stunden Arbeit hinter mir und empfinde das Café als die erste Wohltat des Tages. Auch die meisten Menschen um mich herum sind erkennbar erschöpft. Ausgepumpte, fast reglos in ihren Stühlen liegende Menschen empfinde ich als besonders schön. Sie wirken, mild von der Sonne beschienen, wie die endlich zur Betrachtung freigegebenen feierabendlichen Goldränder unserer Leistungsgesellschaft. Nur ein ganz junges Paar links von mir ist hellwach; die beiden saugen mit Trinkröhrchen ein dunkelgrünes Getränk aus hohen Gläsern. Ich bin eher stumm und suche in meinem Inneren nach Worten. Trotz ihrer Müdigkeit reden die Menschen miteinander. Es quält mich mein unangebrachtes Mitleid. Zum Beispiel bedaure ich die jungen Bedienungen. Auf dem Rücken ihrer uniformartigen Kluft ist zu lesen, was man bei ihnen bestellen kann: Latte macchiato, Café con leche, Tonic, Bitter Lemon, Espresso lungo und so weiter. Ich bestelle einen Cappuccino. Eine Weile betrachte ich zwei Enten, die langsam über den Platz watscheln. Zwischen den Betonplatten finden sie kurze helle Gräser, die sie mit großer Geschwindigkeit wegschnäbeln. Ein halbes Dutzend Rußlanddeutsche zieht an einem Automaten Snickers und Smarties heraus. Jedesmal, wenn ein Päckchen in das Entnahmefach fällt, lachen die Rußlanddeutschen laut auf und sprechen ihr russisch-deutsches Gemisch. Ich empfinde Scham über die Konsum-Parolen auf meinen beiden Plastiktüten. Das junge Paar links von mir saugt jetzt so heftig an seinen Trinkröhrchen, daß ich überlege, zu den beiden zu sagen: Ich gebe Ihnen fünf Euro, wenn Sie mit Ihrem Geröchel sofort aufhören. Das Unangenehmste an meiner Ermüdung ist die Überempfindlichkeit. Ich bin noch nicht verrückt genug, dem jungen Paar das Angebot tatsächlich zu unterbreiten. Im Gegenteil, die Empfindung der öffentlichen Peinlichkeit macht mich noch schamhafter. Ich schiebe meine beiden Plastiktüten so unter den Café-Tisch, daß niemand mehr ihre Aufdrucke lesen kann. Leider bin ich voller Mißtrauen in unsere Zustände. Dem jungen Paar möchte ich meine Erschöpfung zeigen, damit die beiden jetzt schon ein Gefühl davon haben, wie auch ihre Zukunft ausschauen wird. Wenn dieses Gefühl ein allgemeines werden könnte, würden wir in einer angenehmeren Welt leben. An einem Tisch rechts von mir höre ich jemanden einen Satz sagen, den ich selbst gerne gesagt hätte: Ich bin mal wieder der einzige, der auf mich Rücksicht nimmt. Eine junge Bedienung stellt einen Cappuccino vor mir ab und wendet mir dann ihren Textrücken zu. Gegen meinen Willen beschleicht mich das vertrauteste Unbehagen: Daß mein Leben nicht so bleiben kann, wie es ist. Groteskerweise bin ich im großen und ganzen mit unseren Verhältnissen zufrieden, das heißt mit unserer Wohnung, mit meinem Einkommen, mit meinen quasi ehelichen Verhältnissen, das heißt mit meiner Lebensgefährtin Traudel. Dennoch habe ich den Eindruck, daß die ganze Zeit eine unhaltbare Sache abläuft: mein Leben. In den letzten beiden Monaten ist der innere Drang, mein Leben in neue Bahnen zu lenken, deutlich stärker geworden. Von dem Wunsch nach Veränderung geht ein Druck aus, dem ich fast wehrlos ausgesetzt bin, weil ich nicht die geringste Ahnung habe, wie und womit ich irgendwelche Veränderungen herbeiführen könnte. Das ist nicht die ganze Wahrheit. Dann und wann zeigt sich ein winziger Hoffnungsschimmer, der eine Art Glanz in mir zurückläßt. Traudel polemisiert stark gegen meine Veränderungswünsche. Sie sagt mir immer wieder, daß ich allen Grund habe, mit der Welt und mir zufrieden zu sein. Es ist ein Frevel, sagt sie, daß ein gutsituierter Mensch wie du mit solchen Gespenstereien im Kopf herumläuft. In der Regel pflichte ich ihr bei und halte für eine Weile den Mund. Ein Trompeter kommt, hängt seine Plastiktüte an einen Pfosten, tritt vor die Leute hin und spielt. Mich frappiert, wie schnell der Trompeter eingesteht, daß er erstens die Trompete kaum beherrscht und zweitens gar nicht Trompete spielen will, sondern lieber betteln möchte. Er bläst nur ein paar Takte, dann geht er von Tisch zu Tisch und hält den Café-Gästen einen Pappbecher hin. Es erstaunt mich, daß die Leute dem Trompeter trotz seines dürftigen Auftritts reichlich Geld spenden. Ich erliege immer wieder meinem dann doch stumm bleibenden Drang, die Menschen über die allgemeine Ödnis des Wirklichen aufklären zu wollen. Dann merke ich rasch, die anderen wissen längst, wie kläglich alles Geschehende ist. Danach beschäftigt mich das Problem, ob die anderen ihre intimen Kenntnisse absichtlich geheimhalten oder aus anderen Gründen nicht über sie sprechen wollen. Ganz zum Schluß taucht die Frage auf, wie es möglich ist, daß wir alle mit der öffentlichen Armseligkeit so gut zurechtkommen. Sogar ich, der ich den Trompeter voll innerer Ablehnung beobachte, werfe dem Mann ein 50-Cent-Stück in den Becher. Er bedankt sich und verbeugt sich kurz vor mir. Wenig später drängt mir die Eigenart des Lebens eine innere Stummheit auf. Ich höre jetzt nur noch das Wehklagen meiner ratlosen Seele. Sie möchte gern etwas erleben, was ihrer Zartheit entspricht, und nicht immerzu dem Zwangsabonnement der Wirklichkeit ausgeliefert sein. Ich beschwichtige meine Seele und schaue mich nach geeigneten Ersatzerlebnissen um. Aber die Wirklichkeit ist knauserig und weist das Begehren meiner Seele ab. Der Trompeter wendet sich seiner Plastiktüte zu, verstaut seine Trompete und geht zu einem kleinen Kiosk in der Nähe. Dort kippt er den Inhalt des Pappbechers in seine linke Hand und kauft sich eine kleine Flasche Cognac. Über dieses Ergebnis des Bettelns bäumt sich meine Seele mächtig, aber ergebnislos auf. Eine Minute lang ist sie völlig überfordert. Durch Zufall blicke ich auf den Betonboden hinunter und sehe dort ein paar Ameisen mit Flügeln umhergehen. Trotz der Flügel können die Ameisen nicht abheben. Vermutlich sind die Flügel zu lang und zu schwer für die winzigen Körper der Ameisen. Mit diesem Anblick gelingt mir die Tröstung meiner Seele. Schau dir diese kleinen Wesen an, sage ich zu ihr, sie spielen nicht Trompete, sie betteln nicht, sie trinken nicht einmal Cognac am Kiosk. Sie schleppen ihre unnützen Flügel durch die Gegend und klagen nicht!

Ich werde zahlen und nach Hause gehen. Ohnehin ertrage ich kaum, daß so viele Menschen an mir vorbeilaufen oder weggehen oder Platz nehmen. Die Bedienung schiebt einen nassen Kassenbon unter meine Tasse. Ich hebe die Tasse, dabei bleibt der Kassenbon am Boden der Tasse hängen. Da sehe ich eine arme verrückte Frau auftauchen, die ich in dieser Gegend schon öfter gesehen habe. Zuerst geht sie eine Weile auf und ab. Ihre Kleidung ist schadhaft, ihr Haar strähnig, wahrscheinlich übernachtet sie im Freien. Schon ihrem starren Gang ist anzusehen, daß sie eine schwere Störung hat. Ich betrachte sie gerne, sie ist mir nah, während sie ihre Exerzitien absolviert. Denn nach dem sechsten oder siebten Hin- und Herlaufen dreht sich die Frau plötzlich nach hinten, droht mit erhobener Faust in die Gegend und stößt Beschimpfungen aus. Es ist ein schweres, druckvolles Sprechen, das kein Sprechen mehr sein kann, sondern ein schreiendes Ausstoßen von Lauten. Vor ein paar Monaten konnte die Frau noch verstehbare Wörter schreien. Ich erinnere mich, daß sie einmal allen Kinderärzten drohte, man werde sie bald mit Kettensägen zerstückeln, einzeln und nacheinander, alle Kinderärzte der Stadt. Der Wahnsinn einer einzelnen Person hat etwas Belebendes und Wunderbares. Viele Café-Besucher betrachten die Geistesgestörte aus der Tiefe ihres Mangels. Die Verrücktheit der Frau stößt in die Halbtoten hinein und vertreibt ihre Bedürftigkeit. Auch mich selbst verwandelt die Verstörte. Ich hätte nicht für möglich gehalten, daß das Gefühl meiner Erschöpfung so schnell verschwindet. Ich zahle meinen Cappuccino, ziehe meine Plastiktüten unter dem Tisch hervor und verschwinde. Von hier bis zu unserer Wohnung werde ich etwa zwanzig Gehminuten brauchen. Eine Gruppe grölender Männer mit Bierflaschen in der Hand zieht vorüber. Ein Kinderhandschuh steckt auf dem Pfosten eines Gartenzauns und rührt niemanden. Der Wind beugt die Astspitzen der Bäume gegen die Hauswände, so daß ein leichtes Rascheln entsteht. Der Staub liegt nicht nur herum, sondern riecht auch noch ältlich und muffig. Auf dem Dach eines geparkten Autos entdecke ich ein angebissenes Stück Kuchen. Es steht dort in einer geöffneten Stanniol-Verpackung, die in der Abendsonne mild glitzert. Ich glaube nicht, daß das Kuchenstück dem Besitzer des abgestellten Wagens gehört. Dieser hätte den Kuchen ungestört im Auto sitzend verspeisen können. Sondern ich nehme an, daß ein Unbekannter den Kuchen während des Gehens aß und dabei plötzlich gestört wurde. Es muß eine erhebliche Störung gewesen sein, die den Esser zwang, den Kuchen auf dem erstbesten Autodach abzustellen und zu verschwinden. Deswegen denke ich, der Kuchenesser wird zu seinem Kuchen zurückkehren. Er hat sich irgendwo versteckt und wartet auf eine günstige Gelegenheit der Rückkehr. Er kann es sich nicht erlauben, ein schönes halbes Stück Kuchen einfach so auf einem Autodach hinzuopfern. Jetzt nehme ich an, daß der Mann den Kuchen wahrscheinlich gestohlen hat, dann aber verfolgt wurde und während des gemütlichen Kuchenessens beinahe gestellt worden wäre. Ich setze mich auf eine halbhohe Mülltonnen-Einfassung, verberge mich hinter einem geparkten Lieferwagen und warte auf die Rückkehr des Kuchenessers. Ich muß dazu sagen, daß ich keinerlei Erfahrung mit mystischen Ereignissen habe. Ich habe im Laufe meines Beobachterlebens nur festgestellt, daß es quasi halb-außerirdische Vorgänge gibt, die mich gleichzeitig faszinieren, trösten und beruhigen. Ich muß nicht lange warten, dann löst sich meine spekulative Hoffnung ein. Es kommt ein hitziger junger Mann den gegenüberliegenden Gehweg entlang, greift nach dem Kuchen auf dem Autodach und fängt an zu essen. Es macht dem Mann offenbar Freude, den Kuchen genau dort zu verzehren, wo er vermutlich als Dieb fast gestellt worden wäre. Von der Macht seines Bisses geht die Überzeugung aus, daß er *dieses* Stück Kuchen stets als sein Eigentum betrachtet hatte, insbesondere in den Augenblicken der Verfolgung und Anfechtung. Von meinen Beobachtungen geht das von mir erwartete Glück aus. Ich könnte sogar zu dem Mann hinübergehen und ihm sagen: Ihr Stück Kuchen und mein Glück gehören zusammen. Das würde der Mann nicht verstehen, im Gegenteil, er würde sich vielleicht erneut verfolgt fühlen. Mir entgeht nicht, daß ich selbst von einer Obstverkäuferin beobachtet werde, was mein Glück verkompliziert, aber auch steigert. Die Obstverkäuferin hantiert in meinem Rücken in einem halb heruntergekommenen Laden und erkennt vermutlich nicht, daß ich lediglich den Kuchenesser schräg gegenüber beobachte. Ich fühle, sie glaubt, daß ich selbst einen Diebstahl oder eine andere kleine Gaunerei plane. Die Koinzidenz der Ereignisse erregt mich auf gewisse Weise. Ich beobachte einen Kuchendieb und werde selbst des geplanten Obstdiebstahls beargwöhnt, das heißt ich kann mich in diesen Sekunden als Erfinder einer *Blickkette* fühlen, die unbekannte Ereignisse miteinander verbindet und mich selber auf unaussprechliche Weise auszeichnet beziehungsweise erhöht beziehungsweise in eine andere Wirklichkeit hineinhebt. Eine Minute lang lebe ich in einer Hochstimmung, die sich meinen Worten entzieht. Es ist schade, daß Traudel jetzt nicht bei mir ist. Dann könnte ich sie, indem ich ihr die Bilder zeige, teilhaben lassen an dieser anderen Wirklichkeit und könnte ihr auf diese Weise die Idee einflößen, daß es bereichernd ist, mich zu kennen. Nachher, wenn ich ihr von meiner Hochstimmung bloß erzähle, sind die Bilder bereits verblaßt und haben ihren Glanz eingebüßt. Einer von Traudels Lieblingssätzen lautet: Ich will nicht zu zweit allein sein. Sie drückt damit ihren Anspruch aus, daß sie wenigstens einmal in der Woche von mir belebt werde. Ich schweige meistens, wenn dieser Satz gefallen ist, was Traudel dann und wann als Schuldeingeständnis auslegt. Auch dazu schweige ich, weil ich nicht darüber reden kann, daß jeder Mensch auf innerliche Weise allein ist und daß dieses Alleinsein nicht einmal schlimm ist. Eigentlich ist das eine Platitüde, nicht jedoch für Traudel. Ich weiß, es gibt sehr viele Menschen, die ihr inneres Alleinsein vehement leugnen, Traudel gehört zu ihnen.

Der Kuchenesser beendet seine Straßenmahlzeit, ich verlasse meinen Platz hinter dem Lieferwagen, die Obstverkäuferin verschwindet in ihrem Laden. Ich rutsche in die Wirklichkeit zurück, das heißt ich zerbreche mir den Kopf darüber, auf welche Tätigkeit die Entdeckung der Blickkette verweist. Bin ich ein Philosoph, ein Ästhet, ein stiller Kommunikator, ein Konzeptkünstler? Und wie kann es mir gelingen, aus einer dieser Tätigkeiten einen Beruf zu machen, der mich hinreichend ernährt und mir endlich die Gewißheit verschafft, daß ich mich in einem sinnvollen Leben befinde? In gewisser Weise steckt in dieser Frage der Kern meines Unglücks. Ich gehe mit schnellen Schritten und ohne weitere Umwege in Richtung unserer Wohnung. Ich bin 41 Jahre alt, ich heiße Gerhard Warlich und bin von Beruf Organisationsleiter einer Großwäscherei. Es ist dort meine Aufgabe, das Arbeitsvolumen, die Waschanlagen und die Arbeitszeit der Angestellten einerseits und unseren Fuhrpark und die Dienstzeiten der Wäsche-Ausfahrer andererseits so miteinander zu koordinieren, daß eine effiziente Nutzung unserer Kapazitäten stattfindet und deshalb die größtmögliche Zufriedenheit unserer Kunden erreicht beziehungsweise gehalten werden kann. Wir arbeiten für Hotels, Restaurants, Krankenhäuser, Arztpraxen und öffentliche Einrichtungen mit starkem Schmutzwäscheanfall. Vor genau vierzehn Jahren, als ich 27 war, habe ich in diesem Unternehmen als Wäsche-Ausfahrer angefangen. Ich hatte gerade mein Philosophiestudium beendet, fand weder innerhalb noch außerhalb der Universität eine Stellung, die meinem Bildungsgrad entsprach, mußte aber Geld verdienen, und zwar schnell, weil ich mich verpflichtet hatte, das über die Dauer von acht Jahren erhaltene Bafög nach Beendigung des Studiums zurückzuzahlen. In dieser Situation war es mir ziemlich gleichgültig, welche Art von Arbeit ich finden würde. Mit einem gewissen Galgenhumor wurde ich Ausfahrer bei der Wäscherei, deren Chef ich heute bin. Der Mann, der mich damals einstellte, war der Inhaber der Wäscherei, der noch nie etwas von der Krise der Universität und vom Niedergang des Aufstiegsversprechens durch Bildung gehört hatte. Sie sind doch Doktor, rief er aus und wollte mich eine Weile nicht einstellen, weil er mich für hoffnungslos überqualifiziert hielt. Natürlich bin ich überqualifiziert, sagte ich, deswegen bin ich aber doch nicht unfähig. Das leuchtete dem Mann, der stets aufsteigender Unternehmer gewesen war und weiter ist, schließlich ein. Er sagte: Ich will einen Versuch mit Ihnen machen. Er sollte es nicht bereuen. Ich war nicht nur ein ausgezeichneter Ausfahrer. Bald machte ich, was den Einsatz der Ausfahrer betraf, ein paar wirksame Rationalisierungsvorschläge, so daß der Wäscherei-Besitzer mit Erstaunen feststellte, daß ein Mann, der über Heidegger promoviert hatte, sogar seinem Unternehmen hilfreich war. Schon nach einem Jahr wurde ich deswegen zuerst Chef der Ausfahrer-Planung (im Geschäft kurz »Dispo« genannt), und dann Chef der ganzen Wäscherei und des Zuliefererbetriebs, was ich noch heute bin.

Traudel und ich bewohnen eine Dreieinhalb-Zimmer-Wohnung in einem ruhigen Miethaus, in dem sieben Mietparteien untergebracht sind. Kaum bin ich im Treppenhaus, rieche ich wieder die stark stinkenden Turnschuhe der Mieter im obersten Stockwerk. Es sind vier junge Leute, vermutlich Studenten, die ihre billigen Turnschuhe am beginnenden Abend ins Treppenhaus stellen und wahrscheinlich nicht einmal wissen, daß das stundenlang getragene Gummi in Verbindung mit dem Fußschweiß einen schwer erträglichen Geruch erzeugt, der bis ins Erdgeschoß hinunterreicht. Nur meine Furcht, daß ich als Hausmeister gelten könnte, hält mich davon ab, die Mieter des obersten Stockwerks um eine Änderung ihrer Gewohnheiten zu bitten. Kurz vor 17.00 Uhr treffe ich in der Wohnung ein, in der wir seit ungefähr zehn Jahren leben. Traudel hat schon vorher mit einem anderen Mann, einem Bankangestellten, hier gewohnt. Auch Traudel war damals Bankangestellte, was sie noch heute ist. Als ich sie kennenlernte, hatte sie gerade ihre

Lehre beendet und arbeitete in einer kleinen Filiale in der Innenstadt. Nach einigen Jahren machte ihr die Bank ein Angebot: Sie könne, allerdings in der Provinz, Filialleiterin werden. Nach kurzer Überlegung nahm sie das Angebot an. Deswegen fährt sie jeden Tag etwa achtzig Kilometer in ein Nest namens Hingen und abends wieder zurück. Weil ich in der Innenstadt arbeite, sind wir übereingekommen, daß sie das Auto nimmt, während ich als Fußgänger meine Arbeitsstelle erreiche. Am Anfang hat mir das nicht gepaßt, inzwischen kann ich mir nichts anderes mehr vorstellen. Das Gehen entspannt mich, ja es erfüllt mich mit Ruhe und Frieden.

Die Wohnung empfängt mich wie eine seit langer Zeit eingerichtete Oase der Beschwichtigung. Ich schalte das Radio ein, welches um diese Zeit ein Konzert mit klassischer Musik sendet. Ich ziehe mein Hemd und meine Hose aus, lege mich auf das Sofa und decke mich mit einer Kaschmir-Decke zu, die mir Traudel einmal zu Weihnachten geschenkt hat. Es wird Traudel gefallen, wenn ich mit dem Gesicht eines dauerhaft befriedeten Mannes auf dem Sofa liegen und ein bißchen eingeschlafen sein werde. Es ist mir rätselhaft, woher Traudel die Kräfte nimmt, sich nach acht Stunden Arbeit und fast einer Stunde Heimfahrt sofort um Einkauf, Haushalt und Abendbrot zu kümmern. Allerdings hat Traudel einen starken Gestaltungsdrang, dessen Opfer auch ich zuweilen werde. Es irritiert mich bis auf den heutigen Tag, daß Traudel, als wir zusammenzogen, von meiner damaligen Einrichtung so gut wie nichts für unsere gemeinsame Wohnung übernehmen wollte. Sie setzte es durch, daß ich die Sperrmüll-Abfuhr anrief und dann auch noch selbst dabei zusah, wie meine gesamte Einrichtung, mit der ich doch jahrelang gelebt hatte, von zwei Männern auf einen großen Lkw geladen wurde und dann in einer Müllverbrennungsanlage verschwand. Gerade in Augenblicken wie jetzt, wenn ich mich der Möbelvernichtung erinnere, bin ich dankbar für die Erfindung der Blickkette mit dem Kuchenesser und der Obstverkäuferin. Sie ist für mich ein Hinweis, daß es hinter der ersten Wirklichkeit eine zweite und eine dritte gibt, an denen ich teilhabe und die ich, so ich Glück habe, irgendwann zu meinem Beruf machen werde. Davon bin ich leider noch ziemlich weit entfernt. Bis jetzt habe ich es nur zum Beinahe-Künstler gebracht; ich mache Collagen, ich zeichne und male, ich filme, ich schreibe Nonsens-Gedichte, aber nichts davon so *richtig*, ich meine: leidenschaftlich und also ohne Ausweg, jedenfalls nicht so, daß ich mich (wie jetzt wieder) alle drei bis vier Wochen fragen muß, was *wirklich* in mir steckt. Ich betrachte eine nicht rechtzeitig gestorbene Wespe, die mit schwerfälligen Flugbewegungen gegen die Wände stößt. Natürlich glaube ich sofort, der Taumelflug der Wespe sei ein vorweggenommenes Bild meiner Zukunft. Welche Art Beruf soll denn dabei hervorgehen, am Spätnachmittag hinter einem geparkten Lieferwagen zu warten, bis ein Kuchenesser wiederkehrt, um dann mit diesem und einer Obstverkäuferin bedeutsame Blicke auszutauschen? Ich hoffe, es ist nur eine Übergangspeinlichkeit, in der ich in diesen Augenblicken ohne Antwort zurückbleibe. Im Radio singt der Bariton Heinrich Schlusnus ein Lied von Brahms. Wunderbar dringt der Name Schlusnus in meine Innenwelt und befreit mich momentweise von allen Bänglichkeiten. Etwa vier Minuten lang, fast so lang wie das Lied dauert, darf ich über den Namen Heinrich Schlusnus herumempfinden, ohne daß dabei irgend etwas herauskommen müßte. Nach dem Lied meldet sich die Sprecherin, eine ernste Frau mit dunkler Stimme, die tatsächlich Astrid Redlich heißt. Astrid Redlich sagt Heinrich Schlusnus ab! Ich könnte aufjuchzen vor stiller Komik und universalem Lebenseinverständnis. In Wahrheit liege ich da und schaue auf mein leicht zerfetztes Unterhemd. Es gefällt mir, unter meinem tadellosen Oberhemd ein sich in Halbauflösung befindliches Unterhemd zu tragen. Das Unterhemd ist vordergründig ein Symbol für die Marterungen des Lebens, die früher oder später zu gewärtigen sind. Außerdem (und viel mehr) ist das Unterhemd ein Hinweis auf meine Zukunft als Künstler. Ich würde gerne (wenn es so etwas gibt) ein Kleiderkünstler werden, besser: ein Verwesungskünstler. Ich trage gerne Kleidung, die sich mehr oder weniger erkennbar in Selbstauflösung befindet. Durch den Kleiderzerfall ist jedermann (schnell und platt gedacht) von Anfang an mit seiner Selbstauflösung vertraut, er trägt sie auf dem Leib, sie tritt prozeßhaft mit dem Niedergang der Kleidung in sein Leben. Der merkwürdige Eifer, mit dem Menschen ihre schadhaft gewordene Kleidung wegwerfen, ist für mich ein signifikanter Hinweis auf die Leugnung jener Vorgänge, auf die zerfallene Kleidung gerade hinweisen möchte.

Traudel ist nicht entsetzt (oder sagen wir vorsichtiger: sie zeigt ihr Entsetzen nicht), wenn sie mich in einem halb zerrissenen Unterhemd im Zimmer sitzen oder liegen sieht. Sie sagt zwar immer mal wieder, ich solle doch um Himmels willen diesen oder jenen Fetzen wegwerfen, aber sie besteht nicht ernsthaft auf ihren Vorhaltungen. Sie kauft mir dann und wann neue Unterhemden und neue Unterhosen, die ich auch anziehe. Aber auch neue Unterhemden führen nicht dazu, daß ich die halb aufgelösten Exemplare wegwerfe. Ich ziehe sie immer wieder an und banne meinen Lebensschrecken, indem ich ihn auf dem Leib spüre und anschaue. Wobei ich nicht behaupten will, daß ich die Vergänglichkeit meiner selbst dadurch schon begreife. Aber ich kann immerhin sagen: Ich habe mich mit meinem Tod sozusagen auf Tuchfühlung eingerichtet. Wenn ich ein Buch schreiben könnte, wäre seine Hauptthese: Der Mensch kann Katastrophen immer nur betrachten, nicht verstehen. Eine kleine widerliche Unruhe verhindert, daß ich einschlafen kann. Vermutlich habe ich doch wieder ein bißchen Angst vor dem Augenblick, wenn Traudel die Wohnung betritt. Obwohl ich weiß Gott lange genug mit ihr zusammenlebe, fürchte ich immer noch, daß ich die dauerhafte Anwesenheit eines anderen Menschen *eigentlich* nicht aushalte. Auf diesem *eigentlich* beruht das halbe Leben! Ich habe den Beruf eines Wäschereigeschäftsführers, aber eigentlich drängt es mich nach ganz anderen Dingen. Ich lebe in einer großen dreckigen Stadt, aber eigentlich möchte ich ganz woanders leben. Ich lebe mit Traudel zusammen, aber eigentlich – nein, diesen Gedanken traue ich mich nicht zu denken. Und habe ihn doch schon gedacht. Prompt ist es wieder soweit: Ich muß eine Katastrophe anschauen, ohne sie zu verstehen.

Die Wespe nähert sich mir und will offenbar auf meiner Hand landen. Zuerst zucke ich zurück, aber dann lasse ich die Hand doch so liegen, wie sie liegt, und die Wespe nimmt mit gebotener Vorsicht auf ihr Platz. Ich muß nur darauf achten, daß das Tier nicht in die Mitte des Handrückens vordringt. Natürlich habe ich nichts gegen Traudel. Ich komme nur nicht damit zurecht, daß ich mich fortlaufend zu ihr *verhalten* muß. Ich werde dadurch daran erinnert, daß ich leider ein komplizierter Mensch bin. In der Mitte meines Handrückens würde sich die Wespe in ein paar Haaren verfangen und aus Panik vielleicht stechen müssen. Aber die Wespe schätzt die Gefahrenzone klug ein und bleibt der Behaarung fern. Nach ein paar Augenblicken hebt die Wespe ab und fliegt unsanft gegen die Scheibe. Jaja, denke ich, auch du armes Tier mußt zu einem Hysteriker des Ichs werden. Dabei wird Traudels Heimkehr ablaufen wie immer. Sie wird sich zum Sofa niederknien, sie wird mir ihre Hand unter das zerfetzte Unterhemd schieben und wird mich küssen.

Allenfalls wird sie mich fragen, warum ich nicht schlafe, und ich werde ungenau antworten: Nichts Bestimmtes, allgemeine Unruhe. Und während wir uns küssen, werden wir wieder beeindruckt sein von unserer Dauerhaftigkeit als Paar.

ZWEI

Dennoch leiden wir seit ein paar Monaten an unangenehmen, bis jetzt überwiegend stumm ausgetragenen Meinungsverschiedenheiten. Das Problem ist: Traudel will nun doch geheiratet werden. Nicht sofort, aber irgendwann schon. Ich räume ein, daß ich zu Beginn unseres Zusammenlebens eine »Eheschließung« (Schon dieses Wort!) nicht völlig ausgeschlossen habe. Allerdings habe ich eher damit gerechnet, daß sich Traudels Ehewunsch mit den Jahren verlieren wird. Das Gegenteil ist der Fall. Meine Abwehrstrategie war zunächst, daß ich mich als ungeeigneten Ehekandidaten dargestellt habe. Immer wieder habe ich gesagt, daß es mir rätselhaft ist, warum eine Frau ausgerechnet mit mir verheiratet sein wolle. Ich habe sowohl über meine offene als auch über meine versteckte Schlamperei gesprochen, über meine Scheu vor Verantwortung, über meine katastrophalen Defizite als Handwerker, überhaupt über meine Unlust, mich um Belange der Urlaubsplanung, der gelegentlichen Kellerreinigung, der Fürsorge fürs Auto und so weiter zu kümmern. Traudel antwortet stets, daß ihr meine Mängel seit langem bekannt sind, daß diese aber keine Gründe seien, mit mir nicht verheiratet sein zu wollen. Danach machte ich ein Argument geltend, von dessen Subtilität ich überzeugt war. Ich sagte, daß ich mich von einer Ehe stark eingeschränkt fühlte; nicht faktisch eingeschränkt, sondern nur phantasiert eingeschränkt, aber eine phantasierte Einschränkung sei viel tückischer als eine wirkliche. Dann habe ich darüber geredet, daß der Sicherheitszugewinn, in dem sich verheiratete Frauen wähnen, eine Gespensterei sei, im Grunde ein Wahn. Ja, sagte Traudel daraufhin, die Sicherheit der verheirateten Frau ist ein Wahn, aber nicht wahnhafter als dein Gefühl von der phantasierten Einschränkung.

Daraufhin fiel mir nichts mehr ein.

Sollen wir nicht beide unseren Wahn aufgeben, sagte Traudel, du deinen Wahn von der Einschränkung und ich meinen Wahn von der Sicherheit?

Zerknirscht hielt ich den Mund, jedenfalls eine Weile. Dann fragte ich, was von der Ehe bleibt, wenn beide Partner auf ihre wahnhaften Strategien verzichten.

Traudel schwieg lange. Jetzt, beim Abendbrot, sagt sie: Es gibt auch viele praktische Gründe, warum eine Ehe sinnvoll ist. Als Beispiel nennt sie: Stell dir vor, dir passiert etwas, ein Unfall irgendwo. Sagen wir, du sitzt in einer S-Bahn, die leider entgleist, du wirst schwer verletzt und landest in irgendeinem Provinzkrankenhaus. Ich erfahre davon erst in den Nachrichten, setze mich sofort ins Auto, weil ich nach dir sehen will. Ich finde heraus, in welchem Krankenhaus du bist, ich fahre los, nach zwei Stunden bin ich an Ort und Stelle, aber dann komme ich nicht rein. Der Pförtner fragt: Sind Sie mit dem Verletzten verwandt? Nein, wieso, sage ich. Dann darf ich Sie nicht zu ihm lassen. Nur Ehefrauen, Ehemänner, Kinder und Eltern dürfen zu den Verletzten, sagt der Pförtner. Jetzt steh' ich dumm da. Ich darf nicht zu dir, weil ich nicht mit dir verheiratet bin! Weißt du, daß es derartige Vorschriften gibt?

Nein, sage ich kleinlaut. Natürlich fühle ich mich jetzt (wie soll ich sagen) schachmatt. Gleichzeitig ist mein Widerstand gegen die Ehe noch stärker. Muß man sich verheiraten, weil man nur so die Bürokratie von Krankenhäusern überlisten kann?

Dummerweise macht mir Traudel gerade jetzt einen albernen Vorwurf. Ich soll meine Hose nicht mehr so häßlich über den Stuhl werfen. Könntest du deine Hose nicht einmal ordentlich auf den Balkon hängen, und zwar mindestens eine Nacht lang, damit sie auch mal richtig auslüftet?

Gegen meinen Willen verstumme ich, obwohl ich gleichzeitig froh bin, daß das Ehe-Thema erledigt ist, jedenfalls für den Moment. Es beginnt das, was ich eine innere melancholische Verwilderung nenne. Ich werde selbstmitleidig und jammerig, ich hänge meiner alten Überzeugung nach, daß es für mich besser gewesen wäre, in einer Hundehütte auf den Alpen zu leben, aber nein, du mußtest dich an den Rockzipfel einer hübschen aufstrebenden Frau klammern, jetzt kriegst du die Quittung.

Du mußt dir sowieso mal wieder eine neue Hose kaufen! Und einen neuen Sakko dazu! sagt Traudel. Ich will dich mal wieder in anderen Klamotten sehen!

Ich bin an Kleidung kaum interessiert, sage ich mit bereits schwächer gewordener Stimme.

Auch das weiß ich, sagt Traudel, dämpft ihre Stimme jedoch sofort ab, weil auch sie eine Abendverfinsterung vermeiden will. Noch streiten wir uns zärtlich. Zum Zeichen, daß sie zu einem weiteren Themawechsel bereit ist, lobt sie plötzlich den Käse, den sie heute gekauft hat. Und wiederholt leider die Botschaft des Käsehändlers, die auch ich mir schon oft anhören mußte: Der Ziegenkäse ist achtzehn Monate lang in einer Steinhöhle in den Pyrenäen gereift. Am liebsten würde ich aufbrausen, daß ich von den Sprüchen der Käseindustrie verschont bleiben möchte, aber auch ich will die fragile Stimmung nicht verderben. Ich kann trotzdem nicht verhindern, daß ich jetzt stiller und stiller werde, bis ich vollständig in meinem Innenraum angekommen bin. Dort bedauert mich niemand so kenntnisreich wie ich selbst. Die

Leisigkeit, mit der ich neben Traudel sitzen bleibe und gleichzeitig verschwinde, wirkt auch auf mich unangenehm. Ich bin in einer Stimmung, in der ich kaum ertrage, daß es abends immer Abend wird und daß die Dunkelheit draußen auch in unsere Wohnung eindringt. Wie sonderbar es ist, daß Traudel die Verkommenheit meiner Hose bemerkt, nicht aber die Verkommenheit der Rosen, die in einer Vase auf dem Wandbord stehen und schon seit Tagen vor sich hindarben. Die Rosen werden erst fahl, dann papieren, dann faltig, schließlich welk. Traudel hält den Vorgang der Einschrumpfung der Rosen für romantisch und schön. Ich dagegen werde, wenn ich die immer mehr ihre Köpfe senkenden Rosen sehe, an Friedhöfe und Gräber erinnert, und daran will ich in der Wohnung nicht erinnert werden. Aber es ist mir nicht erlaubt, die ausgedienten Rosen wegzuwerfen, das ist allein Traudel vorbehalten. Sie möchte immer noch einen Tag länger und dann noch einen Tag länger die Verwelkung anschauen und dabei kitschige oder poetische Stimmungen durchleben. Erst wenn der Kitsch zu stinken anfängt, ist auch Traudel zum Handeln bereit. Bis dahin werden noch mindestens zwei Tage vergehen.

Das Abendbrot ist beendet, ich trage (auch dies ein Zeichen meiner Kooperationsbereitschaft) die Teller und das Brot und die Gläser in die Küche und spüle das Geschirr von gestern und heute. Traudel geht ins Bad, läßt wie üblich die Tür offen, so daß ich ihr beim Ausziehen zuschauen kann. Das geht auf einen Wunsch von mir zurück, der schon mindestens zehn Jahre alt ist. Sie legt ihren Tagesschmuck in eine Glasschale neben dem Heizkörper. Ihre Kleidung verteilt sie auf drei Haken an der Tür. Nachts drücke ich mir Traudels Rock manchmal gegen das Gesicht, weil ich ihren Körpergeruch einatmen will, was Traudel nicht weiß. Ich bin über das Spülbecken gebeugt und habe eine Idee: So ähnlich, wie

Traudel über Tage hin das Verwelken der Rosen beobachtet, so ähnlich werde ich die Verwitterung meiner Hose auf dem Balkon beobachten. Ich werde die Hose auf dem Balkon aufhängen, sie dort aber nicht mehr (oder erst nach langer Zeit) wieder wegnehmen, weil ich von der Wohnung aus beobachten will, wie sich die Hose unter dem Einfluß des Wetters und des Klimas und des Staubs langsam auflöst und sich dann wieder (so stelle ich mir das vor) in einen Teil der Natur zurückentwickelt. Ich werde über diese Vorgänge ein Tagebuch der Verwitterung oder so etwas Ähnliches führen. Das alles sage ich Traudel nicht. Ich rufe nur in das offenstehende Badezimmer hinein: Traudel! Können wir morgen oder übermorgen in die Stadt gehen und eine neue Hose für mich kaufen?

Denn Traudel will gerne dabeisein, wenn ich Kleidung kaufe; sie will verhindern, daß ich zu schnell die Lust dabei verliere und dann Billigzeug kaufe.

Jetzt doch? So plötzlich? fragt sie halblaut.

Ich bin einsichtig geworden, sage ich.

Traudel lacht und glaubt mir nicht.

Das hat doch bestimmt einen Grund, sagt sie.

Den sage ich dir erst später, antworte ich.

Du bist gemein, sagt sie.

Ja, antworte ich, ich bin gemein.

Traudel lacht.

Das soll einer verstehen, spottet sie.

Ich verstehe es auch nicht, sage ich.

In der folgenden Nacht habe ich einen sonderbaren Traum. Ich war ein Straßenbahnführer (das wollte ich als Kind tatsächlich einmal werden). Allerdings war meine Straßenbahn leer. Ich sah Leute an den Haltestellen stehen. Sie warteten, daß die Straßenbahn hielt. Ich hielt jedoch nicht an, ich fuhr an den wartenden Leuten vorbei. Ich erwache, allerdings nur halb. Traudel liegt neben mir und schläft ruhig. Ich will über meinen Traum nachdenken, was mir nicht gelingt, weil ich aus meiner Halbwachheit nicht herauskomme. Außerdem bemerke ich, daß mein Geschlecht halb erigiert ist, wodurch mein Traum in den Hintergrund tritt. Ich fasse mich ein wenig an, so daß die Erektion rasch stärker wird. Ich schiebe mich an Traudels brötchenwarmen Körper heran. Ich bin kraftlos und ein wenig unentschlossen, grabe mit der Hand nach Traudels seitlich abgerutschter Brust, hebe sie nach oben und schiebe mir kindisch die Brustspitze in den Mund. Traudel wird wach, vielleicht war sie es schon zuvor. Ich habe den Eindruck (wir haben nie über diese Details gesprochen), daß Traudel Gefallen an meinem Liebesinfantilismus hat. Wenn wir zusammenstecken und der Samen aus mir herauszuckt, streichelt sie mir den Kopf wie einem Kind, dem man in einer schweren Stunde beistehen muß. Sie hat mir schon öfter gesagt, daß sie nichts dagegen hat, wenn ich sie nachts überfalle. Früher habe ich mir sogar gewünscht, sagte sie einmal, daß du mich nachts überrumpelst, dann schäme ich mich kaum. Ich drücke Traudels Schenkel auseinander wie die beiden Hälften eines schönen Gartentürchens. Es ist wahrscheinlich kein Zufall, daß bei Frauen die Lippen, die Brustwarzen und das Geschlecht die gleiche Hautkonsistenz haben. Wer als Mann das eine küßt, möchte deswegen alles andere auch küssen. Man kann auch denken: Alle wichtigen Stellen der Frau sind zwei über den ganzen Körper verteilte Lippen. Wir geben uns keine besondere Mühe, es ist Nacht und wir sind immer noch nicht ganz wach. Und wir wissen, daß wir uns die Lässigkeit später nicht vorwerfen werden, das ist vielleicht das Beste. Mein nächtlicher Wunsch nach Nähe ist nichts weiter als eine stumme Bitte, eine kleine Bettelei, fast ein Hausiererbesuch. Ich bitte Traudel flüsternd, sie möge die Beine über mir zusammenschlagen, ich möchte umfangen sein. Der erste Versuch geht schief. Traudel hebt zwar die Beine an, läßt sie dann aber wieder absinken, auch sie ist schwach, was mir gefällt. Liebe ist sowieso nur ein anderes Wort für Schwäche. Der zweite Versuch gelingt, weil Traudel nicht nur die Beine über mir zusammenschlägt, sondern mich auch umarmt und an sich drückt. Es ist, als wäre ich das Kind, vor dem ich Angst habe. Ich bin froh, daß es dunkel ist und niemand meine Gedanken lesen kann. Unsere Verhütungspraxis verdient diesen Namen eigentlich nicht mehr. Mal gibt mir Traudel einen Hinweis, daß ich aufpassen muß, mal auch wieder nicht. Mal nehme ich ein Kondom, mal machen wir Interruptus, dann machen wir wieder nichts – und reden nicht mal drüber. Noch während des Aktes denke ich an meine toten Eltern. Als ich ein Kind war, sagte meine Mutter oft zu meinem Vater: Es ist das Natürlichste auf der Welt, daß eine Frau Kinder will. Dagegen konnte mein Vater nichts einwenden. Dann sagte Mutter: Es ist ganz natürlich, daß die Frau ihre Kinder von einem ganz bestimmten Mann will. Auch dagegen konnte Vater nichts sagen. Eines Tages hatten sie drei Kinder, ich war das älteste und gewann langsam den Eindruck, daß Vaters Schweigen eine Stellungnahme gegen alle drei Kinder war. Ich finde es nicht ganz in Ordnung, daß mir diese Gedanken und Erinnerungen erst während des Beischlafs kommen. Ich müßte einmal den Mut finden, mit Traudel Klarheit darüber herzustellen, was wir eigentlich wollen und nicht wollen. Tatsächlich aber benehme ich mich wie mein Vater. Ich stelle mir die dringlichen Fragen erst dann, wenn es für dringliche Fragen aller Art zu spät ist. Mein Same löst sich, und ich denke: Ich möchte so leben, daß durch das Leben keine Geheimnisse mehr entstehen. Das ist sicher ein wunderbarer Gedanke für ein neues Geheimnis. Traudel hat keinen Mucks von sich gegeben, ob sie empfängnisbereit ist (war) oder nicht. Traudel dreht sich um, ich streichle sie und küsse ihr den Rücken. Normalerweise schläft Traudel in der postkoitalen Erholung rasch ein, ich ebenfalls.

Ich flüstere Traudel über die Schultern zu: Bist du verstimmt?

Nicht im mindesten, sagt sie.

Willst du reden?

Es muß nicht sein, sagt sie.

Hm, mache ich.

Willst *du* reden?

Hm, mache ich nochmal.

Also ja, sagt Traudel und dreht sich zu mir.

Ich fasse mir ein Herz und sage: Du hast vor einiger Zeit gesagt, daß du heiraten willst.

Das macht dir Kummer?

In gewisser Weise, sage ich.

Dann kann ich dich beruhigen. *Ich* will nicht unbedingt heiraten. Meine Mutter möchte, daß ich heirate.

Deine Mutter, seufze ich.

Du kennst sie ja. Sie setzt mich unter Druck. Meine Schwester ebenfalls. Mir ist es egal, ob ich verheiratet bin. Ich möchte etwas anderes, sagt Traudel.

Du willst eine Eigentumswohnung.

Traudel lacht.

Falsch? frage ich.

Völlig falsch, sagt Traudel.

Mit einer Wohnung gibst du dich nicht zufrieden. Du willst ein Haus.

Noch falscher, sagt Traudel, ich will ein Kind.

Obwohl ich es geahnt habe, fällt mir jetzt nichts ein.

Das erschreckt dich?

Ja, gebe ich zu.

Wenn du überhaupt nicht willst, vergessen wir es. Es ist nur so ein Gefühlsflattern, so ein Zittern, das geht auch wieder vorbei.

Du hast einen Plan? frage ich.

Mein Plan ist, daß ich keinen habe.

Wir lachen.

Aber wenn ich ein Kind bekäme, wäre es nicht schlecht, wenn ich verheiratet wäre, meint meine Mutter.

Du hast ihr gesagt, daß du ein Kind willst?

Ja, sagt Traudel.

Müßte ich heiraten, um deine Mutter zufriedenzustellen?

In ihrer Jugend waren die Frauen verheiratet, wenn sie Kinder kriegten.

Das ist eine Weile her, sage ich.

Unverheiratete Frauen mit Kind nannte man damals ledige Mütter, das war ein Schimpfwort. Deswegen wollte meine Mutter als junges Mädchen ganz schnell heiraten. Dabei ging es gar nicht um Kinder. Die Frauen wollten versorgt sein. Kaum eine hatte einen Beruf. Auch meine Mutter ist berufslos, bis heute, aber sie ist wenigstens Mutter und Ehefrau geworden, das war der Ausweg.

Und worauf muß ich mich jetzt einstellen?

Daß es einfach passiert. Vielleicht aber auch nicht. Ich bin achtunddreißig, dann wirds eng. Aber ich hatte den Kinderwunsch nicht früher, sagt Traudel.

Du hast ... äh ... einen richtigen ... äh ... Kinderwunsch?

So richtig auch wieder nicht, sagt Traudel, ich bin, wie soll ich sagen, zur Zeit liebesinkontinent, verstehst du, was ich meine?

Wir lachen.

Ich habe nicht unbedingt Lust auf Schwangerschaft und Kinderzimmer und das alles, aber ich habe auch keine Lust mehr aufzupassen; wenn es passiert, passiert es, wenn nicht, dann nicht.

Hm, mache ich.

Das paßt dir alles nicht? fragt Traudel.

Na ja, ich weiß was Schöneres.

Wovor hast du Angst?

Das kann ich dir sagen, sage ich, ich habe Angst vor der Zerstörung unserer jetzt so schönen Verhältnisse.

Durch ein Kind?

Die Frauen wollen immer noch glücklicher werden, sage ich; weil sie keine Ruhe geben, geht das real vorhandene Glück verloren.

Das ist die Angst aller Männer, sagt Traudel; die Frau darf sich als Liebesobjekt nicht verändern.

O Gott, mache ich.

Stimmt das vielleicht nicht?

Können wir aufhören mit diesem ... äh ... Gerede?

Warum?

Es führt zu nichts, sage ich.

Aber es ist wichtig.

Es tritt Stille zwischen uns ein. Wir ändern unsere Haltungen, das Bettzeug raschelt. In mir pulsiert die angefangene Auseinandersetzung weiter, sogar heftiger als zuvor. Ich bin derartige Gespräche zwischen Traudel und mir nicht gewohnt. Außerdem habe ich tatsächlich Angst. Für mich ist schon der Anfang unseres Gesprächs der heimliche Beginn der Zerstörung, vor der es mir graust. Aber das will ich für mich behalten. Ich habe das Gefühl, daß Traudel meine Angst für unwirklich hält, für etwas, das nicht zählt. Dabei weiß ich, daß auch Traudel recht hat. Ich würde ihr gern sagen, daß ich das weiß, aber mir ist die Stimme weggesackt. Ich weiß, es gibt viele Männer, die ihre Frauen opfern, wenn diese ihren Kindswunsch durchsetzen wollen. Das Geschlechtswesen Frau muß unter allen Umständen unverändert erhalten werden. Ich würde Traudel gerne sagen, daß ich nicht zu diesen harten geschlechtslastigen Männern gehöre. Ich bin hellwach, Traudel vermutlich ebenfalls. Ich würde mich jetzt gerne zerstreuen, aber es gilt zwischen uns als unfein, nach einem Beischlaf den Fernsehapparat einzuschalten. Aber ich kann hier auch nicht im Dunkeln liegen bleiben. Einsamkeit ist normal; nur ihr plötzliches Eintreten ist so widerlich.

Ich warte noch ein paar Minuten, dann verlasse ich das Bett und gehe in die Küche. In den Schubladen des Küchenschranks suche ich nach einem kleinen Gegenstand, mit dem ich spielen könnte. Draußen, vor dem Fenster, stürmt es ein wenig. Ich schätze es nicht, nachts so überwach zu sein wie jetzt. Ich schaue in den kleinen Spiegel am Küchenschrank und denke: Dein Gesicht ist eine einzige Ausschreitung. Auch dieser Gedanke – sofern es sich überhaupt um einen Gedanken handelt – ist mir wohlvertraut. Schon wieder habe ich das scheußliche Gefühl, vom Leben zu wenig zu begreifen. Um besser denken zu können, werde ich mir eine Tasse Kaffee machen. Ich fülle zwei Becher Wasser in die Kaffeemaschine, löffle Kaffeepulver in das Filterfach und knipse die Maschine an. Plötzlich, zum ersten Mal, erinnert mich das Röcheln der Kaffeemaschine an das Röcheln meiner sterbenden Mutter. Ich bin augenblicklich völlig wehrlos und kämpfe schon nach fünf Sekunden gegen den Andrang der Tränen. Ich stelle die Kaffeemaschine ab und starre auf das stumm versiegende Tröpfeln des Wassers. Es fällt mir auf, daß ich (ich weiß nicht warum) in den letzten Jahren leichter zur Tränenbildung neige als früher. Die Anlässe liegen meist viele Jahre zurück und sind eigentlich ausgetränt (abgetränt), aber in neuerer Zeit kehren sie mit starkem inneren Druck zurück und fordern auch noch neue Tränen. Zur Nachtblödheit gehört, daß man das Oftgedachte noch einmal denkt. Auf der Straße ziehen proletarische Jugendliche in hellen Straßenanzügen umher und setzen sich ihre Sonnenbrillen auf, ehe sie ein Lokal betreten. Der Kleiderkitsch der jungen Leute ist interessant, weil er das Fälschungsverlangen des Lebens zeigt. Es ärgert mich ein bißchen, daß ich sogar zu dieser Stunde so gescheit daherdenke. In Wahrheit will ich nicht mehr klug sein; es ist alles lächerlich, besonders nachts. Dann finde ich eine Beschäftigung, die mich endlich ablenkt. In einer Schublade entdecke ich einen Brief mit nicht abgestempelter Briefmarke. Der Brief stammt von meiner Schwester; er wartet schon seit mindestens drei Monaten auf Antwort. Meine Schwester ist mit einem Bauingenieur verheiratet und hat zwei Kinder. Aus dem Urlaub schreibt sie Urlaubsbriefe, zu Weihnachten schreibt sie Weihnachtsbriefe und zu Geburtstagen Geburtstagsbriefe. Ich schneide das obere rechte Viereck mit der nicht abgestempelten Briefmarke aus dem Umschlag heraus, fülle ein Tellerchen mit Wasser, lege die ausgeschnittene Briefmarke in das Wasser und warte, bis sich die Briefmarke zu lösen beginnt. Das ist eine richtige Nachtbeschäftigung. Ich überlege sogar, an meine Schwester einen Brief zu schreiben und ihn dann mit der sich lösenden Briefmarke zu frankieren. Das würde meiner Schwester gefallen. Sie würde dann zu ihrem Mann sagen: Mein Bruder hat die Briefmarke auf meinem Brief an ihn noch einmal verwendet. Der Mann würde dazu wortlos nicken und meinen Brief an meine Schwester nicht lesen, genauso wie Traudel die Briefe meiner Schwester an mich nicht liest. Ich lege ein Blatt Papier auf den Küchentisch und suche einen Bleistift. Aber es ist schwierig, einen Brief an meine Schwester zu schreiben. Während ich sitze und überlege und dabei unentwegt auf die sich im Wasser lösende Briefmarke schaue, muß ich schon wieder an Traudel denken. Das wäre ein schöner Briefanfang: Liebe Elisabeth (so heißt meine

Schwester), ich schreibe Dir einen Brief, obwohl ich unentwegt an Traudel denke. Vor einigen Jahren, als Traudel Schwierigkeiten mit der Liebe hatte, ging sie dazu über, sich Babyöl über die Schamlippen zu träufeln, bevor wir ins Bett gingen. Durch das Babyöl wurde ihr Geschlecht ganz weich, wodurch ich leicht in sie eindringen konnte. Erst viel später kam ich auf den Gedanken, daß Traudels damals fast immer trockenes Geschlecht eine Art Widerstand gegen die Liebe und vielleicht auch gegen mich (oder *nur* gegen mich) war. Zum Glück habe ich das damals alles nicht verstanden. Ich glaubte seinerzeit, Traudel wolle mir lediglich das Leben erleichtern. Babyöl auf die Schamlippen! Was für ein schlichter und doch so wirksamer Einfall! Ich habe nie erfahren, wodurch Traudels damaliger Widerstand ausgelöst worden ist und wodurch er wieder verschwand.

Die Erinnerung an diesen großartigen Einfall macht mich plötzlich dankbar, ich kenne das von mir. Inzwischen hat sich die Briefmarke gelöst. Über das Liebe Elisabeth! ist der Brief an meine Schwester bis jetzt nicht hinausgekommen. Ich weiß schon jetzt, daß ich die halbe Nacht hier verbringen kann, es wird mir kein Briefanfang einfallen. Ich hole die Briefmarke aus dem Tellerchen heraus und lege sie schräg über den Rand des Tellerchens, damit sie schnell trocknen kann. Es wäre nicht das erste Mal, daß ich Elisabeth einen komplett erfundenen Brief schreibe, ich meine: indem ich komplett erfundene Ereignisse beschreibe. Das mache ich zuweilen auch in der Firma. Wenn die Stille gar zu sehr drückt, fange ich plötzlich an, von privaten Erlebnissen zu erzählen, die mir niemals zugestoßen sind. Die Not zwingt uns alle zu einer Deutlichkeit, die so kraß eigentlich niemand sehen will. Traudel hat mich schon mehrfach auf den kleinen Widerstand aufmerksam gemacht, der sich seit Tagen beim Schließen des Eisschranks bemerkbar macht. Ich öffne den

Eisschrank und sehe, daß eine Gummilasche ein Stück weit aus ihrer Halterung herausgetreten ist. Es ist ganz leicht, den Widerstand zu beheben. In meiner inneren Ergebenheit Traudel gegenüber komme ich mir echter vor als tagsüber. Ich hebe die Briefmarke vom Rand des Tellerchens in die Höhe und wedle sie hin und her in der Luft. Da kommt Traudel in die Küche und betrachtet mich und meinen schlichten Zeitvertreib. Willst du nicht ins Bett kommen, sagt sie, und ich folge ihr.

DREI

Zwei Tage später ruft mich Eigendorff um neun Uhr in sein Büro und spricht mit mir eine neue Kampagne durch. Wir werden in Kürze die Ein-Tag-Lieferzeit anbieten. Wer bis zwölf Uhr seine Wäsche bei uns abliefert oder abholen läßt (egal wieviel), wird sie am nächsten Tag bis zwölf Uhr mittags gereinigt/gewaschen, gestärkt beziehungsweise gebügelt wiederhaben können, und zwar frei Haus. Außerdem will Eigendorff den Kilo-Preis leicht senken. Ich halte das Angebot für unnötig und riskant. Der Hintergrund der Kampagne ist klar: Wir brauchen neue Kunden und wollen diese fest an den Betrieb binden. Immer mal wieder ist von Eigendorff zu hören, daß unsere Waschanlagen nicht zu hundert Prozent ausgelastet seien. Ich bin nicht sicher, ob mangelnde Rentabilität der wirkliche Grund für die Kampagne ist. In seinem Inneren glaubt Eigendorff (nicht jeden Tag, aber immer mal wieder), daß seine Angestellten ihre Arbeit zu oft bloß simulierten. Er hält viele seiner Leute für trickreiche Sozialbetrüger, die sich auf seinem Rücken ein schönes Leben machen. Wenn er frühmorgens durch den Betrieb läuft, sagt er zuweilen Guten Morgen, ihr Gauner. Er sagt es spaßig, aber wir merken doch, wie sehr ihn in der Nacht wieder das Gefühl gequält hat, von der halben Welt betrogen zu werden. Besonders heftig ist sein Verdacht gegen die Wäsche-Ausfahrer. Er ist davon überzeugt, daß die meisten Fahrer zeitraubende Umwege fahren und dabei heimliche Pausen machen. Es gehört zu meinen Aufgaben, die Fahrer von Zeit zu Zeit zu observieren, das heißt, ihnen nachzufahren und festzustellen, wo sie die Fahrzeuge parken, ob und wo sie ein zweites Frühstück einnehmen oder private Angelegenheiten erledigen. Ich mache das ungern, weil die Fahrer (und die anderen Kollegen) sowieso schon das Gefühl haben, zu stark kontrolliert zu werden.

Eigendorff beauftragt mich, mir für die Kampagne ein paar Werbesprüche einfallen zu lassen, außerdem Texte für Zeitungsanzeigen und einen zündenden Werbebrief an die Kunden. Ich bin für diese Aufgabe nicht geeignet, aber Eigendorff hält auch die Fachleute in den Werbeagenturen für Betrüger und außerdem will er auch hier Geld sparen. Frau Weiss, meine Stellvertreterin, soll neue Kunden akquirieren, und zwar solche, in deren Geschäftsleitung eine Frau sitzt, die Frau Weiss »von Frau zu Frau beatmen kann« (das ist ein Ausdruck von Eigendorff). Frau Weiss macht sich Notizen, seufzt fast unhörbar und schaut aus dem Fenster. Frau Weiss wird demnächst 46 Jahre alt und leidet unter ihrer größer werdenden Brust. Sie will ihren Busen zusammenpressen und trägt deswegen zu enge BHs, wodurch ihre Brüste über die oberen Körbchenränder hinausquellen und der Eindruck einer über die Brüste hinauswachsenden zweiten Brust entsteht. Es ist merkwürdig, daß Eigendorff von seinem Doppelkinn nicht sichtbar beeinträchtigt ist, obwohl ein Doppelkinn nicht weniger auffällt als eine sich entwickelnde Doppelbrust. Meine Vermutung ist, daß Männer die größeren Melancholiker sind und körperliche Verschlechterungen leichter hinnehmen als Frauen, die viel zu heftig ihrer verschwundenen Jugendlichkeit nachtrauern, was Männer nicht tun. Es gibt kaum jemand im Betrieb, dem Frau Weiss nicht schon mitgeteilt hat, daß sie in ihrer Jugend die Figur einer Gazelle hatte und erst seit ihrem vierzigsten Geburtstag »so stark aus sich herausgeht« (ihre Formulierung), obwohl sie Diät hält und sogar einmal in der Woche schwimmen geht. Eigendorff hingegen hat noch niemand gesagt, daß er bis zu seinem dreißigsten Jahr kein Doppelkinn hatte; so etwas sagt ein melancholisch durchtrainierter Mann nicht.

Später stelle ich die Einsatzpläne für die kommende Woche zusammen und überlege dabei erneut, wie ich die Fahrtrouten von Fahrer 7 (Lubitschke) und 11 (Kottka) besser aufeinander abstimmen kann. Mir ist klar, daß das Wort Abstimmung wieder nur ein anderes Wort für Kontrolle ist und daß sowohl Lubitschke als auch Kottka kaum noch Spielraum übrig haben. Am Spätvormittag, eine halbe Stunde vor der Mittagspause, treibe ich mich unter Vortäuschung von Kontrollgängen in den Waschanlagen herum. Ich führe kurze Gespräche mit den Operateuren und den Büglerinnen, ich frage sie, wie sie zurechtkommen und ob es irgend etwas gibt, was ihrer Meinung nach geändert werden muß. Aber die Leute sind guter Dinge (jedenfalls tun sie so) und halten den Mund. Frau Schölderle aus der Buchhaltung macht mich mit dem Fall des Hotels Traube im Rheingau vertraut, das trotz mehrerer Mahnungen die letzten drei Wäsche-Rechnungen nicht bezahlt hat. Ich nehme die Akte an mich und sage, daß wir unseren Anwalt einschalten werden. Das machen wir tatsächlich, obwohl wir alle wissen, wie solche Fälle ausgehen: Letzte Mahnung, Insolvenz, Abschreibung, Zwangsversteigerung, Verlust. Frau Schweters Schwangerschaft wird langsam sichtbar. Sie ist jetzt vermutlich im sechsten Monat. Ich gestehe mir ein, daß die Schwangerschaft Frau Schweter gut steht. Sie ruft konventionelle Beschützerinstinkte in mir hervor, aber ich finde ihre Schwangerschaft auch anziehend, was mich in meiner derzeitigen Verfassung wundert. Ich habe, solange Frau Schweter nicht schwanger war, kein einziges Mal die Lockung verspürt, ihr näher zu kommen, als mir zusteht. Jetzt aber, mit dem kleinen hübschen Bauch, stelle ich mir vor, daß es schön gewesen sein muß, Frau Schweter zu schwängern. Ich nehme an, diese Anwandlungen verschwinden wieder, wenn Frau Schweter entbunden hat. Prompt wirke ich volkspädagogisch auf mich ein. Du solltest Traudels Kinderwunsch und alles, was daraus folgt, mit männlicher Gelassenheit hinnehmen. Aber Gelassenheit stellt sich nicht wirklich ein. Im Gegenteil, ich bin gereizt und nehme Anstoß an Einzelheiten, die ich sonst übersehe. Frau Dr. Beerlage, die Assistentin von Eigendorff, spitzt ihren Bleistift, und ich rieche die kleinen Holzsplitterchen, die aus ihrem Bleistiftspitzer herausquellen, ich rieche sogar die winzigen Abschabungen der Bleistiftmine. Herrn Walzens Rundschädel und seine fleischigen Ohren empfinde ich in diesen Augenblicken als Zumutung. Wenn Herr Walz lacht (wie in diesen Augenblicken), kriegt er das dicke Gesicht einer Comic-Figur. Ich bin nicht verlassen, aber warum fühle ich mich einsam? Frau Weiss gehört zu den vielen Menschen, die das, was sie erleben, als nicht ausreichend empfinden. Deswegen fühle ich mich ihr oft nahe. Wahrscheinlich hat sie sich gestern abend einen schlechten Film angesehen und hat schon vorher gewußt, daß sie von diesem peinlichen Erlebnis niemandem wird erzählen können. Sie besucht zuweilen einen obskuren Fotografen, von dem sie weiß, daß er sie nicht fotografieren, sondern anfassen will. Sie schläft mit einem Beinamputierten, weil sie wissen will, wie es ist, mit einem Beinamputierten zu schlafen. Vielleicht sind diese Geschichten zur Hälfte erfunden, aber man glaubt sie gerne, weil sie so gut zu Frau Weissens zur Schau gestellter Bedürftigkeit passen. Über drei Schreibtische hinweg entsteht eine Unterhaltung, ob es sinnvoll ist, Straßenbettlern etwas zu geben. Wenn man ihnen einmal etwas gibt, kommen sie immer wieder, sagt Herr Walz. Das ist doch klar, sagt Frau Schweter, auch Bettler lieben feste Verhältnisse. Alle tun wieder so, als würden sie das Leben verstehen. Unglaublich! Das Gefühl der Einschnürung wird dichter. Leider bin ich schnell abgestoßen. Zuerst bin ich lange lustlos, dann lange angeödet, dann stark abgestoßen und fluchtbereit. Insofern ist es für mich eine kleine Erlösung, daß am Frühnachmittag Eigendorff an meinen Schreibtisch herantritt und mich beauftragt, die Routen der Ausfahrer Wrede und Ehrlicher zu kontrollieren. Wrede und Ehrlicher hat Eigendorff schon lange im Visier. Sie fahren fast gleichzeitig nahe beieinanderliegende Routen ab und kehren oft fast gleichzeitig zurück, das sieht ein bißchen verdächtig aus.

Schon in den Augenblicken, als ich mich erhebe, spüre ich die Erleichterungen des Verschwinden-Dürfens. Ich nehme die Autoschlüssel an mich und ziehe meinen Sakko an. Flüchtig-Sein ist ein guter Zustand, weil sich während des Fliehens die Gründe der Flucht unmerklich auflösen. Schon oft war ich sonderbar berührt, daß ich, an einem Ziel angekommen, leicht einsehen konnte, daß die Flucht überflüssig war. Wrede fährt durch die Vororte Sandheim, Waldburg, Almendorf, von dort nach Buchenhof und am Ende nach Brunnenhausen. Ehrlicher fährt die lange Friedrich-Karl-Straße hinunter, bedient dort das Rosenthal-Hotel und das Palais Theresia, zweigt danach in die Röntgen-Straße und beliefert den Vorort Heiligenstadt und nähert sich dann der Route von Wrede. Ich setze mich in den Wagen und verlasse den um diese Zeit ruhig daliegenden Fahrzeughof der Großwäscherei Eigendorff. Schon nach fünfzehn Minuten stecke ich im Billiggetümmel der Vorstädte. Die Gegenden hier haben wenig Ausdruck; beziehungsweise, es ist schlimmer: Sie haben überall denselben Ausdruck. Obwohl die Straßenzüge abstoßend und formlos sind, fühle ich mich hier frei. Ich lebe auf, wenn ich mich von etwas abwenden kann. Die Autos parken ruhig am Straßenrand, die Mülltonnen stehen ordentlich nebeneinander, die Gardinen hinter den Fenstern sind angenehm grau, junge Mütter heben vorsichtig ihre Säuglinge in den Kinderwagen. Ich möchte der Gegend zurufen: Welche Verheimlichungen sind denn hier im Gange? Natürlich sagt es mir niemand. Nach kurzer Fahrzeit lande ich in rumpligeren Verhältnissen, die sofort gestehen, daß sie mühsam zusammengeflickt sind und bei nächster Gelegenheit auseinanderfallen werden. Es ist merkwürdig, daß Fremde hier übernachten wollen und daß es deswegen auch hier Hotels gibt. Die Straßenzüge ähneln jetzt immer mehr einem nicht mehr gepflegten Zoo. Die Leute leben zwar, aber sie haben vergessen, wo sie einmal zu Hause waren, so ähnlich wie traurige Zoo-Tiere in ihren Gattern. Der Blick fällt auf verstopfte Abfallkörbe, nicht weggeräumte, vermoderte Blätter vom Vorjahresherbst, leerstehende Geschäfte, in den Kaufhauseingängen herumliegende Obdachlose und Gestrandete, dazu immer mehr Asiatenbasare, wo es Plastiksandalen, Gummirosen und Strohperücken zu kaufen gibt. Ich betrachte eine Frau mit drei kleinen Kindern. Ein Kind sitzt im Kinderwagen, die beiden anderen stiefeln nebenher. Der Vater folgt mit dem Fahrrad. Er pöbelt Schimpfworte nach vorne, an die sich die Familie gewöhnt hat. Rentner in Trainingsanzügen tragen den Mief ihrer Wohnungen auf die Straßen. Doch da sehe ich, ordentlich geparkt, einen Lieferwagen der Großwäscherei Eigendorff am Straßenrand. Er trägt die Nr. 6, also ist es der Wagen von Wrede. Das sieht nach einer wilden Pause aus. Ich suche für meinen Firmenwagen einen Parkplatz. Links erstreckt sich ein sogenannter Volksgarten, der für zu viele Menschen ein Ort der Erholung sein muß. Ich verberge mich, so gut ich kann, hinter mannshohen Holunderbüschen. Meine Vermutung ist: Wrede sitzt im Volksgarten und rechnet niemals damit, daß ich ihm auf der Spur sein könnte. Obwohl der Volksgarten bereits überfüllt ist, treffen immer noch Mütter mit Kinderwagen und alte Leute ein. Ein leichter Wind treibt herumliegende Blütenblätter an die Wegränder und sammelt sie dort zu einem rasch verwelkten Saum. Obwohl mir gerade niemand etwas zuleide tut, komme ich mir mißbraucht vor. Wenn niemand mich mißbraucht, denke ich, daß ich schon immer mißbraucht gewesen bin und deswegen die allerneuesten Fälle meines Mißbrauchs gar nicht mehr bemerke. Sekunden später fällt mir ein, daß ich mich gerade eklatant mißbrauchen lasse: als Firmenspitzel. Ich überlege eine Weile, ob ich den Observierungsauftrag von Eigendorff hätte zurückweisen können. In meinem Anstellungsvertrag steht kein Wort davon, daß ich eines Tages Arbeitskollegen belauern werde. Aber ich hätte auch nicht sagen können: Herr Eigendorff, das geht zu weit. Diese wachsende Unfreiheit in den Verhältnissen nennt man Verstrickung. Leute, die ihre Konflikte nicht lösen können, tragen diese in unbearbeiteter Form weiter mit sich herum, als eine Art metaphysische Bestürzung. Seit wenigen Augenblicken weiß ich, daß ich zu diesen bestürzten Menschen gehöre. Ich lebe jetzt als bestürzter Mensch weiter. Ich erleide eine kleine innere Schwäche und seufze. Gleichzeitig freue ich mich, daß ich wenigstens (noch) denken kann. Dieser Tage habe ich im Radio eine Cello-Sonate von Bach (Bach-Werke-Verzeichnis Nr. 1008) gehört. Die Sonate hat mich, wie ich jetzt merke, für die nun eingetretene Bestürzung geöffnet. Ich lebe in diesen Minuten wie eine Cello-Sonate von Bach: Nirgendwo befestigt, vorüberschwebend, angeknittert, dunkel, im Kern unverständlich, obwohl jedem Menschen sofort einleuchtend. Trotz meiner Schwäche gehe ich hinter Holunderbüschen entlang und halte Ausschau nach Wrede.

Von der anderen Seite des Volksgartens tönt der Lärm eines kleinen Rummels herüber. Man hört das Schleifen und Scheppern von Fahrgeschäften, dazu das Gejammer einer billigen Musik. Hinter dem Rummel erhebt sich ein Rangierbahnhof, in dem gerade ein Güterzug zusammengestellt wird. Das Aufeinanderstoßen der eisernen Waggons ist das einzige authentische Geräusch. Ich nenne den Volksgarten einen Garten ohne Hoffnung und fühle mich dadurch für Augenblicke wohl. Im Vordergrund säubert ein Mann mit einem Eisenbesen den Weg. Eichhörnchen und Tauben rascheln in Abfällen. Nach vielen sonnigen Tagen ist das Gras verdorrt, zum Teil versengt. Obwohl der Volksgarten der völlig falsche Platz dafür ist, empfinde ich Sehnsucht, etwas ganz und gar Richtiges tun zu wollen. Eine junge Frau mit tiefem Ausschnitt ißt Trauben. Ich sehe das wunderbare Zusammenpassen der Frau, ihrer Brüste und der Trauben und empfinde Glück und Unruhe. An der nördlichen Grenze des Volksgartens wird eine Art Gastwirtschaft sichtbar. Meine Lust, die beiden Fahrer zu finden, nimmt ab. Aus Langeweile spiele ich mit dem Kleingeld in meiner Hosentasche. Ich habe es gern, wenn sich in meinen Hosentaschen Münzen ansammeln. Es darf sich allerdings nicht zuviel Kleingeld ansammeln, weil ich dann nämlich glaube, das Kleingeld sei ein Indiz für meine kommende Bewährung im Lebenskampf. Immerzu bewegen sich schwere Dinge in meinem Inneren. Denn ich bin immer auch ein Mann, der ein kommendes Unglück zwar spürt, aber nicht aussprechen kann. Es müßte jetzt etwas Einfaches geschehen, damit ich nicht in eine problematische Stimmung hineinrutsche. Wenn es eine Metzgerei in der Nähe gäbe, würde ich mir jetzt eine heiße Wurst und ein Stück Brot kaufen. Die Scheibe Brot würde ich nicht essen, sondern in meine Brieftasche stecken und mir vorstellen, ich würde die Scheibe Brot bei nächster Gelegenheit anstelle meiner Brieftasche aus der Tasche ziehen und sie jemandem anstelle eines Geldscheins hinhalten. Immerhin, allein der Einfall ruft eine gewisse Heiterkeit in mir hervor. Ich komme an einem kleinen Kaufhaus vorbei, vor dessen Eingang ein paar Kisten mit Sonderangeboten aufgebaut sind. Wie üblich ziehen tatsächlich Leute grüne Hosen und zitronengelbe T-Shirts hervor, grün-blau geringelte Socken, blau-weiß gestreifte Strandtaschen und rot-weiß gewürfelte Badetücher. Die Leute glauben, durch Farbe kommt endlich Leben in ihren Alltag, man faßt es nicht. Am Himmel ertönen die Schreie von drei Möwen. Ich blicke hoch und erfreue mich an den silbrig-weißen Leibern der Vögel. Es gefällt mir, daß am Himmel Schreie ertönen. Dort oben ist es auch nicht besser als hier unten. Mir fällt meine tote Mutter ein, die mir oft vorgeworfen hat, daß ich meine Zeit verplempere. Ausgerechnet meine Mutter, die ihr ganzes Leben verplempert hat, was ihr nicht aufgefallen ist. Genau in diesen Augenblicken sehe ich an einem Gartentisch den Fahrer Wrede. Kurz danach den Fahrer Ehrlicher. Sie haben große Biergläser vor sich stehen und schweigen miteinander. Sie tun genau das, was Eigendorff so oft befürchtet: Sie verprassen die von ihm bezahlte Arbeitszeit zu privaten Zwecken. Ich könnte herausfinden, wo Ehrlicher seinen Wagen geparkt hat. Wichtiger ist, daß ich mein gutes Versteck (immer noch hinter den Holunderbüschen) halte. Ich notiere mir, wann ich die beiden entdeckt habe: um 16.15 Uhr. Eine leichte Erregung durchzieht mich. Morgen wird es meine Pflicht sein, Eigendorff von meiner Entdeckung zu berichten. Die Jobs von Wrede und Ehrlicher sind akut gefährdet. Wenn ich meine Beobachtungen für mich behalte, könnte die Sache in *mein* Auge gehen, falls ein Dritter den Vorgang mitgekriegt hat. Ehrlicher bestellt ein weiteres Glas Bier. Die Sonne ist jetzt auf Baumwipfelhöhe herabgesunken. Wrede und Ehrlicher werden von hinten bestrahlt. Die Schreie der Möwen hören sich jetzt an wie: Nie nie nie! Wirst du so wie die! Nie nie nie! Ich habe den Eindruck, daß die beiden Fahrer ein bißchen einfältig sind. Sie würden intelligenter handeln, wenn sie intelligenter handeln könnten. Sie können es nicht, man muß Mitleid mit ihnen haben. Mit dieser feinen inneren Umschreibung vermeide ich die Feststellung, daß Wrede und Ehrlicher ein bißchen dumm sind, was man heutzutage nicht mehr sagen darf. Gerade jetzt fällt mir meine Hose auf dem Balkon ein. Ich stelle mir ihr Bild vor (das leise Hin- und Herwanken im Wind) und empfinde Zufriedenheit dabei. Die Hose verwittert an meiner Statt und stößt mich dadurch in eine angenehm schmerzfreie Schicksalsgleichgültigkeit hinein. Die Schwierigkeit wird sein, Traudel beizubringen, daß die Hose vielleicht für immer auf dem Balkon hängen bleibt, auf jeden Fall für eine längere Zeit. Ich muß mir schleunigst wenigstens eine neue Hose kaufen, am besten gleich zwei, damit Traudel nicht denkt, ich würde mich selbst vernachlässigen. Die beiden ahnungslosen Fahrer bleiben bis kurz vor 17.00 Uhr in der Gartenwirtschaft, dann stehen sie auf und trotten davon. Der Eindruck ihres mürben Davonschleichens weckt Mitleid in mir. Wahrscheinlich setzen sie sich jetzt in ihre Lieferwagen und treffen etwa gegen 17.30 Uhr auf dem Betriebshof der Wäscherei ein. Es wird so aussehen, als hätten sie eine halbe Überstunde gemacht. Ich weiß nicht, ob der Anblick der beiden Fahrer der Grund dafür ist, daß ich mir jetzt selbst bedürftig vorkomme. Wenn es Abend wird, fühle ich mich häufig mangelhaft und unerlöst. Mein Ausweg ist: Ich tue so, als hätten meine Defizite sexuelle Ursachen. Dabei ist mir klar, daß ich Traudel nicht schon wieder auf den Leib rücken darf. Dann würde sie wieder sagen, sie hätte nie für möglich gehalten, daß ein so gebildeter Mensch wie ich so heftig diesen doch eher schlichten Freuden nachjagt.

Ich verlasse mein Versteck hinter den Holunderbüschen und gehe zu meinem Firmenwagen. Traudel überschätzt meine Bildung. Sie läßt sich von meinem Doktortitel blenden, ohne zu ahnen, obwohl ich ihr diese Ahnung schon oft habe vermitteln wollen, daß es Abertausende solcher überflüssiger Spezialisten gibt wie mich, die sich am Ende eines überlangen Studiums auch noch entschlossen haben, sich auf ein paar abwegige Bildungssplitter zu stürzen und über sie zu promovieren. Die Universitäten dürfen diese glanzlosen Eiferer nicht abweisen, was sie im Grunde gerne tun würden. Mein Doktorvater hat mich seinerzeit scherzhaft gewarnt: Dieses Bildungslametta – damit war meine Promotion gemeint – nützt in unseren Verhältnissen auch nichts mehr. Immerhin bin ich mit meinem Bildungslametta (das würde ich heute gerne antworten) Geschäftsführer einer Großwäscherei geworden. Törichte Gedanken dieser Art verraten mir, daß sich das Gefühl meiner Hilflosigkeit steigert. In Wahrheit gehöre ich zu den vielen Menschen, die sich von ihrem Studium haben blenden lassen. Weil ich (zum Beispiel) Gadamers »Wahrheit und Methode« und Wittgensteins »Philosophische Untersuchungen« gelesen hatte, glaubte ich auch schon, ebenfalls auf dem Niveau dieser Bücher denken zu können. Mein Besonderheitsgefühl wuchs ins geradezu Unermeßliche. Ich brauchte Jahre, bis ich vom Berg meines Dünkels wieder herabgestiegen war. Ich bin dagegen, daß das Leben so merkwürdige Wege einschlägt! Vor einer roten Ampel bringe ich den Wagen zum Stehen. Rechter Hand liegt eine kleine verschmuddelte Wiese. Hasen, Enten und Eichhörnchen laufen umher. Es ist sonderbar, daß eine für Menschen so unwirtliche Gegend so viele Tiere anzieht. Besonders gefallen mir ein paar große Krähen, die wie übergewichtige Menschen langsam vor sich hinwanken. Beim Wiederanfahren fällt mir ein, daß Traudel schon damals, als sie ihr Geschlecht mit Babyöl beträufelte (mit Babyöl, Herrgott!), schwanger werden wollte, und ich habe es nicht bemerkt, weil ich mir völlig sicher darin war, daß zwischen uns immer nur das geschehen würde, was ich mir vorstellte. Wie ich es wieder einmal haßte, mein verspätetes und deswegen lächerliches Verstehen. Es hat vermutlich nicht viel gefehlt, dann würde ich jetzt mit einem Kinderwagen hier umhergehen. Es ist mir erlaubt, den Firmenwagen erst am nächsten Morgen abzugeben. Gegen 18.30 Uhr treffe ich zu Hause ein. Seit Tagen steht ein gebrauchter Fernsehapparat im Eingangsbereich des Hauses. Es wird immer mehr Mode, daß die Leute die Sachen, die sie loswerden wollen, einfach irgendwo hinstellen. Ich nehme den Fernsehapparat und transportiere ihn nach draußen zu den Mülltonnen. Traudel betritt gegen 19.00 Uhr die Wohnung. Sie ist erkennbar müde, aber nicht ohne Energie. Beim Abendbrot erzählt sie weitschweifig, daß sie einem Kunden ihrer Bank, einem verheirateten Alkoholiker, einen weiteren Kleinkredit verweigern mußte. Ich überlege, ob ich von der Observierung der beiden Wäsche-Ausfahrer erzählen soll. Aber dann nimmt Traudel ihr Weinglas, zieht sich aus und setzt sich in Unterwäsche vor den Fernsehapparat. Ich hoffe, sagt Traudel, du nimmst es mir nicht übel, daß ich heute abend deinen IQ unterbieten muß. Wir lachen, als Peter Maffay auf dem Bildschirm erscheint und loslegt. Die Unterhaltungsmaschine des Fernsehens erinnert mich an meinen Friseur. Auch der Friseur kann die Leute, die in seinen Laden kommen, nicht unterhalten, obwohl er das gerne können möchte. Aber beide, der Friseur und das Fernsehen, hören nicht auf mit ihrem Nicht-Können. Deswegen entsteht zwischen meinem Friseur und mir die größtmögliche Einsamkeit. Sie würde auch jetzt eintreten, wenn es Traudels lustigen Hohn nicht gäbe. Ich schiebe einen Sessel an Traudels Sessel heran und hole mein Weinglas. Wir sind entschlossen, uns mit komischer Verachtung zu regenerieren. Nach zwanzig Minuten knie ich vor Traudels Sessel und schiebe meine rechte Hand in ihre Unterhose. Ich warte darauf, daß Traudel den Fernsehapparat abschaltet, aber sie schließt, erschöpft, wie sie ist, nur die Augen. Ich ziehe Traudels Körper an den vorderen Rand des Sessels, drücke ihren Schlüpfer nach unten, bis er auf dem Boden liegt, und öffne ihre Beine. Einen solchen geschlechtlichen Kontakt nennen wir in unserer Privatsprache einen *Besuch*. Solche Besuche können lang dauern oder kurz, sie können zu einem sogenannten natürlichen Abschluß führen oder zu gar nichts. Auf jeden Fall gelten sie der momentweisen Aufhebung unserer Einsamkeit und der Minderung unseres immerzu ungeklärten Mangels. Daß *nach* einem Besuch alles ein wenig besser geworden ist mit uns, merken wir daran, daß wir hinterher einander viel stärker zugetan sind als vorher. Aber diesmal mache ich einen Fehler. In einer Ritze der Polsterung von Traudels Sessel finde ich wie üblich ein Kondom, entferne die Verpackung und ziehe es mir über. In diesen Augenblicken schließt Traudel beleidigt die Beine, öffnet die Augen und schaut mich ratlos an. Ich bin nicht willens, auf meine Vorstellung von kinderloser Zukunft zu verzichten, und setze dafür auch meine Kraft ein, das heißt ich drücke mit den Händen Traudels geschlossene Beine auseinander. Es kommt zu einem Kampf der Wünsche, der uns mundtot und bitter macht. Fast wäre es mir gelungen, in Traudel einzudringen, aber sie greift in ihrer Bedrängnis zu der neben ihr liegenden Fernsehzeitschrift und haut sie mir nicht übertrieben hart, aber doch ernst und gezielt auf den Kopf. So etwas ist zwischen uns niemals zuvor geschehen. Ich lasse von Traudel ab, entferne das Kondom, ziehe Unterhemd und Unterhose an und gehe in die Küche. Ich weiß nicht, was ich machen soll, und setze mich an das

Fenster und schaue auf die Straße. Es ist immer noch fast hell. Es gibt neuerdings arme Männer, die am Abend umherschweifen und in den Mülltonnen nach leeren Flaschen suchen. Ich schaue einem von ihnen zu, der offenbar fast schamfrei ist. Er trägt Gummihandschuhe und untersucht mit bedrückender Ausführlichkeit den Inhalt der Mülltonnen. Nebenan, aus unserem Wohnzimmer, tönen die Stimmen eines amerikanischen Liebesfilms. Im Haus gegenüber zieht eine junge Frau aus. Zuerst trägt sie mehrere Arme voller Leitzordner aus dem Haus und verstaut sie in ihrem vor dem Haus geparkten Opel. Dann Kartons voller Schuhe, Hausrat, Wohnzimmernippes. Ihr Freund steht hinter einem Fenster der Wohnung und schaut seiner Freundin beim Verschwinden zu. Über ihm brennt ein Kronleuchter, neben ihm steht ein Wäschetrockner. Danach schafft die Frau Kleidung nach draußen, sehr viel Kleidung, frisch gereinigt, alles verpackt in Plastikumhüllungen, alles auf Bügeln, die in dem Fond des Opels eingelagert werden. Zuletzt trägt die Frau (mit wehendem Blondhaar) wieder große Tüten hinaus, noch einmal aufgefüllt mit Schuhen, Nähsachen, Handschuhen, Mützen, Schals. Zum Schluß folgen mehrere Plastiktüten mit Lebensmitteln aus der Küche. Nach etwa fünfzehn Minuten sind die Auslagerungen beendet. Die Frau schüttelt ihren Haarschopf und setzt sich ins Auto. Sie fährt weg, ohne den verlassenen Mann noch einmal anzuschauen. Er nimmt die Wäsche vom Wäschetrockner und schaltet den Kronleuchter aus. Ich befinde mich in einer sonderbaren Mischung aus Trost und Aufruhr. Momentweise weiß ich nicht mehr, welche inneren Absichten ich verfolge, ich weiß nicht einmal, ob ich innere Absichten überhaupt noch habe. Lange bevor man tot ist, durchlebt man Phasen der Tödlichkeit. Was man dabei erlebt, erzählt man nicht gerne, es ähnelt dem Herangeschobenwerden eines Krankenbettes an eine Wand. Ich verlasse die Küche und das Küchenfenster, gehe hinüber ins Schlafzimmer und lege mich ins Bett. Ich lösche das Licht, ich will schlafen, aber der Schlaf kommt nicht.

VIER

Ich bin zwar Geschäftsführer, aber wenn, wie zur Zeit, eine Werbekampagne läuft, bin ich gleichzeitig Akquisiteur beziehungsweise, um meine derzeitige Tätigkeit ohne Umschweife zu nennen, ich bin Vertreter. Und wer Vertreter ist, muß etwas anpreisen, in diesem Fall unser neues Angebot; und wer etwas anpreisen will, muß auf eine Weise reden, die mir das Fremdeste ist, was es auf der Welt überhaupt gibt. Dieser Tage habe ich meinen Bericht über meine Beobachtungen der beiden Fahrer Wrede und Ehrlicher in Eigendorffs Sekretariat abgegeben. Ich bin gespannt, nein, ich bin nicht gespannt, wie Eigendorff reagiert. Es gibt nur zwei Möglichkeiten: Abmahnung oder Entlassung. Jetzt sitze ich wieder in meinem Firmenwagen und beginne mit einer Route, die für die nächsten vier bis fünf Tage mein Programm sein wird: Ich werde etwa dreißig mittelgroße Hotels besuchen, denen wir unser Angebot vorgelegt haben. Es sind privat geführte Häuser, die einem nicht allzu harten Konkurrenzkampf ausgesetzt sind, weil das Hotelangebot im besucherstarken Rhein-Main-Gebiet (zwischen Messegelände, Flughafen, Opel-Werk, Chemiefabrik Hoechst, Erdöl-Raffinerie und Atomkraftwerk) noch immer nicht ausreicht. Von vornherein sinnlos ist es, Hotelketten ein Angebot zu machen, weil die Ketten entweder eigene Wäschereien haben oder sich ihrerseits in Händen von Wäscherei-Ketten befinden.

Nicht ein einziges der von uns angeschriebenen Hotels hat auf unser Angebot reagiert. Das heißt, ich muß wie ein hergelaufener Fremder die Foyers der Hotels betreten und meinen Spruch aufsagen. Ich bin jetzt den dritten Tag unterwegs, und von den dreißig angeschriebenen Hotels sind bis jetzt vier bereit, es einmal mit der Großwäscherei Eigendorff zu versuchen. Das ist wenig. Ich habe heute morgen schon in vier Hotels vorgesprochen, und in allen vier Fällen bin ich gescheitert. Ich spüre deswegen eine gewisse Überreizung, die allmählich auf zerstreuende Erlebnisse angewiesen sein wird. Gerade parke ich vor dem Sunshine-Hotel in der Nähe des Flughafens, und was sich dort abspielt, muß ich für mein Anliegen als ausgesprochen ungünstig bezeichnen. Es gibt auf der Welt kaum etwas Niederschmetterndes als ein plötzlich anhaltender Reisebus, aus dem etwa sechzig Rentner herauswanken. Diese sich lang hinziehende Szene ereignet sich genau vor meinen Augen. Die Rentner bewegen sich in Richtung des Hotels, in dem ich mich nach dem Schicksal unseres Angebots erkundigen muß. Ich schließe den Wagen ab und gehe ebenfalls auf den Hotel-Eingang zu. Das heißt, ich muß mich unter die Rentner mischen und werde dadurch selbst rentnerartig. Wenn ich heute morgen nicht bereits erfolglos gewesen wäre, würde ich jetzt umkehren und irgendwohin fahren. Aber durch diesen Notausgang darf ich jetzt nicht entkommen. Es überflutet mich ein Widerwille gegen die Wirklichkeit, vermischt mit der inneren Überzeugung von der Minderwertigkeit alles dessen, was sich hier ereignet.

Zum Glück treffe ich im Foyer gleich auf die Direktorin, Frau Loibl. Aber ich komme nicht dazu, meinen Vers aufzusagen. Frau Loibl unterbricht mich, weist auf die in der Hotelhalle umhergehenden Rentner und sagt, ich solle Platz nehmen und es eine halbe Stunde später noch einmal versuchen. Es handelt sich um eine Reisegruppe aus Göttingen, deren Flug nach Teneriffa auf den nächsten Tag verschoben wurde. Die Fluggesellschaft hat den Rentnern als Entschädigung einen Hoteltag geschenkt. Das ist der Grund, warum die Rentner so prächtiger Laune sind. Es ist gleichgültig, ob sie in Teneriffa oder auf Rhein-Main sind, Hauptsache, es gibt etwas umsonst. Ich schlucke mehrmals und spüre im Schlucken, wie unwürdig es ist, daß mich diese fremden Dinge einschüchtern. Tatsächlich bin ich fast halb gelähmt. Ich betrachte die Rentner-Karawane, die sich gerade in verschiedene Richtungen aufteilt. Eine Großgruppe stürzt sich mit abstoßender Freude auf ein Buffet, andere suchen Fahrstühle und Toiletten. Es wird von mir gefordert, daß ich mich anpasse und so lange warte, bis sich mein Vorteil wieder zeigt. Ich rede mir ein, daß Frau Loibl nach der Unterbringung der Rentner erschöpft sein und dann mir, einem ruhigen angenehmen Menschen, aufgeschlossen gegenübertreten wird. Du bist nicht generell abgelehnt, sondern nur in einer spezifischen Situation. Du bist nicht einmal abgelehnt, sondern nur zurückgestellt. Mit diesen Beschwichtigungen im Kopf gehe ich auf eine Café-Bar zu, lege mein Köfferchen auf einem der hochgestellten Sitze ab und bestelle bei einer jungen Frau einen Milchkaffee und ein großes Stück Mohnstreuselkuchen. An der Art meiner Überlegungen habe ich erkannt, daß ich mit meiner Hauptsorge umgehe, dem Gefühl des Ausgeschlossenseins. An diesem Problemüberfall ist zweifellos die Rentnergruppe schuld. Wären diese Besetzer nicht erschienen, würde ich mich blendend fühlen. Ich würde mit der Direktorin zusammensitzen und ihr die günstigen Tarife unseres Hauses erläutern. So aber merke ich, daß meine Aufmerksamkeit es nicht schafft, sich von den Rentnern zu lösen. Im Augenblick stehen etwa fünfzehn von ihnen um einen offenbar schlafenden Hund herum, der seinen riesigen Körper seitlich der Rezeption ausgestreckt hat. Gerade jetzt, im Halbschlaf, muß der Hund niesen und erregt damit das Vergnügen der Rentner. Er niest wie mein

Mann, sagt eine dicke Frau. Es entsteht ein erhebliches Gelächter, das den Hund weckt. Das Tier erhebt sich verwirrt und blickt wunderbar hündisch hilflos auf seine Betrachter. Obwohl diese Leute ihm seinen Frieden genommen haben, bellt er nicht und zeigt keinerlei Aggression. Er dreht sich nur um und verschwindet in einem Raum seitlich der Rezeption, vermutlich die Küche. Normalerweise helfen mir solche Beobachtungen, das Gefühl des Ausgeschlossenseins zu mildern beziehungsweise zu verwandeln. Durch Identifikation mit einem Aufgestörten (es darf ruhig ein Hund sein) bildet sich aus den vertriebenen Einzelnen ein Geheimclub, dem ich dann plötzlich angehöre. Jetzt aber, weil der Hund die Auseinandersetzung mit den Rentnern verloren hat und verschwunden ist, entsteht in mir das Hintergrundgefühl einer geheimen Zugehörigkeit nicht, im Gegenteil, ich nehme im Inneren sogar die Gestalt des Hundes an und fürchte, gleich ebenfalls meinen Platz einzubüßen. Wenn ich bellen könnte, würde ich es jetzt tun, auch umherfauchen würde ich gerne und drohende Rachenlaute ausstoßen. Nichts davon ist mir gegeben. Ich sitze ein wenig verhangen über meinem Mohnstreuselkuchen, zittere mit der Kuchengabel in der Hand und betrachte einen Behinderten, der im Rollstuhl durch das Foyer geschoben wird. Ich werde aufmerksam auf einen Vater mit seinem Kind, die nicht weit von mir an einem Tisch sitzen. Das Kind hat Nudeln bestellt, aber als der Kellner die Nudeln bringt, will das Kind lieber Knödel mit Fleisch. Der Vater sagt: Du hast Nudeln bestellt, jetzt iß bitte die Nudeln. Das Kind sagt: Zu Hause hat die Mami Knödel und Fleisch gekocht. Der Vater sagt: Wir sind nicht zu Hause, du hast Nudeln bestellt. Das Kind legt sich auf die Sitzbank und ißt nichts. Der Vater zieht den Nudelteller des Kindes zu sich heran und fängt an zu essen.

In dieser Situation stoße ich mit dem Ellbogen meinen

Mohnstreuselkuchen samt Teller auf den Boden hinunter. Als die Ladung dort aufprallt, zerfällt der Kuchen in mehrere Teile. Das heißt, ein vergleichsweise großes Stück Kuchen kullert ein Stück weit in die Hotelhalle. Mehrere der Rentner, die bis eben dem Hund nachgeschaut haben, wenden den Kopf in meine Richtung. Ich kann ihre zwischen den Kuchenstücken und mir hin- und herflitzenden Blicke nur schwer ertragen. Ich muß aufpassen, es nähert sich mir ein Verrücktheitsgefühl, das sich für wahrer hält als alles andere. Wenn ich mich bedroht fühle durch Fremdheit und Ausgeschlossensein, stelle ich mir (normalerweise) vor, das mich bedrohende Ereignis liege schon Jahre zurück; wenn ich Glück habe, muß ich dann lachen über die damaligen Verworrenheiten. Schon oft ist es mir auf diese Weise gelungen, ein gegenwärtig auf mich eindringendes Ereignis in ein weit zurückliegendes zu verwandeln. Aber diesmal scheint mir diese Verwandlung nicht zu gelingen. Mir gefällt das Geräusch eines Spezialfahrzeugs, das draußen vor dem Hotel volle Flaschencontainer entleert. Eine Sturzflut von zerbrechendem Glas ergießt sich in einen Anhänger. So ungefähr würde es klingen, wenn ich die ganze Welt gegen eine Wand werfen könnte. Nichts geschieht. Das Geräusch des zerbrechenden Glases hilft mir nicht. Eine jüngere Frau schaut mich mit langen Blicken an. An ihrem Zittern erkenne ich, sie will nichts von mir, sie durchlebt ihrerseits eine Anspannung. Das Kind, das eben noch Knödel und Fleisch verlangt hat, will nun doch die Nudeln. Der Vater sagt: Die Nudeln habe ich gerade gegessen. Dieser pointenlose Ablauf kommt mir sehr authentisch vor. Ich könnte die schreckliche Situation beenden, indem ich die größeren Kuchenstücke mit der Hand aufhebe und mir an der Rezeption eine Schaufel und einen Handbesen geben lasse, um die Reste aufzukehren. Aber es gibt einen Sog in mir, der eine Konfrontation will.

Ich fühle den Drang, zeigen zu müssen, daß ich nicht alles tue, was von mir erwartet werden kann. Dann geschieht es. Ich rutsche von meinem Barhocker herunter und zertrete die heruntergefallenen Kuchenstücke. Ich sehe die entsetzten Gesichter der Rentner und einiger Hotel-Angestellten. Ein junger Mann verläßt die Rezeption und kommt auf mich zu.

Entschuldigen Sie vielmals, sage ich, es tut mir leid, ich übernehme die Reinigungskosten.

Beinahe hätte ich hinzugefügt: Ich komme von der Großwäscherei Eigendorff, die ist auf solche Fälle bestens vorbereitet.

Zum Glück kann ich den Mund halten.

Der junge Mann führt mich aus dem Hotelfoyer hinaus.

Ist alles in Ordnung? fragt er.

Ja, antworte ich.

Soll ich einen Arzt rufen? fragt er.

Nein nein, vielen Dank, sage ich.

Zum Glück verlangt der junge Mann nicht meine Personalien oder sonstige Auskünfte. Das war knapp. Offenbar muß ich nicht einmal für die von mir verschuldete Reinigung aufkommen. Auch meinen Milchkaffee und den Kuchen muß ich nicht bezahlen. Der junge Mann läßt mich fühlen, daß es sich dabei nicht um eine Gefälligkeit handelt. Man ist froh, mich los zu sein.

Ich durchquere rasch eine Zufahrtsstraße und betrete einen riesigen Parkplatz. Momentweise ist mir nicht klar, wo ich den Firmenwagen geparkt habe. Auch ich bin froh, daß ich nicht mehr in dem Hotel bin. Der Rückzug macht mich leise und unscheinbar. Ich betrachte einen Mann, der den Kofferraum eines Autos öffnet und diesem zuerst einen Laib Brot und ein Messer entnimmt. Danach Butter, Wurst, Käse und eine Tomate. Der Mann ißt im Stehen und bei geöffnetem Kofferraum. Aus dem Wageninneren holt er einen Aktenordner, schlägt ihn auf und beugt sich kauend über die weißen Seiten. Leider ißt der Mann sehr schnell. Ein Doppelbrot hat er schon vertilgt; jetzt kommt die Tomate dran, die er mit drei Bissen verschwinden läßt. Mein Bedürfnis nach Ablenkung ist erheblich. Ich blicke mich um, aber es gibt hier so gut wie nichts, wobei ich längere Zeit zuschauen könnte. Immer mehr Menschen spucken nicht mehr, wie früher, auf die Straße, sondern in die Papierkörbe. Das ist fast schon alles, was sich hier ereignet. Der essende Autofahrer verstaut Lebensmittel und Aktenordner im Wagen und fährt davon. Mir schießen ein paar Tränen in die Augen. Es sind wahrscheinlich Glückstränen, weil ich als normaler Mensch in die normale Welt zurückkehren darf. Man kann auf einem größeren Parkplatz ohne weiteres ein bißchen weinen; es fällt niemandem auf, und es ist ein Wohlgefühl, daß niemandem etwas auffällt. Ich denke den Satz: Der Sommer zog durch die Lande und goß sein üppiges Licht über Blumen und Gräser. Ein Satz wie aus einem alten Schulaufsatz! Ein Eisengeländer zieht sich um einen Treppenabgang herum. Am Eingangsgitter hängt ein Schild mit der Aufschrift: Kosten für Fehlalarm trägt der Verursacher. Mehrmals am Tag (jetzt wieder) will ich mich entschuldigen, daß ich einsam bin. Dabei bin ich nicht wirklich einsam, noch empfinde ich deswegen Schuld. Es ist vielleicht nicht in Ordnung, daß mir das Alleinsein zunehmend gefällt. Dabei sind doch alle allein, sogar die Dinge ringsum sind allein, am meisten allein sind die Tiere, die in den geparkten Autos eingesperrt sind. Da kommt auf den Treppen, an denen ich gerade vorübergegangen bin, mein ehemaliger Studienkollege Gerd Angermann, Dr. Gerd Angermann, empor. Er erkennt mich sofort, ich ihn ebenfalls. Vor ein paar Jahren waren wir einmal fast Freunde. Er dreht sich um, ich wende mich ihm zu, wir lachen und freuen uns und schütteln uns die Hände.

Bist du inzwischen Parkplatz-Wächter geworden! ruft er aus.

Das ist eine unfreundliche Begrüßung, die mich momentweise aus der Fassung bringt. Ich wollte reden, aber jetzt bin ich stumm. Gerd ist um die Schultern herum ein bißchen verwachsen (die linke Schulter ist deutlich stärker und buckliger als die rechte), aber sein Gesicht ist hell und freundlich und aufmunternd.

Ich habe nicht viel Zeit, sagt er, ich muß meine Frau abholen, die kommt von einem Studienaufenthalt aus Brasilien zurück.

Oh! mache ich, es soll bewundernd und ein wenig neidisch klingen.

Was machst du? fragt er.

Schamhaft gestehe ich, daß ich noch immer bei der Großwäscherei Eigendorff arbeite (was er weiß), wenn auch seit ein paar Jahren als Geschäftsführer. Gerd lacht. Er hat zuerst über Wittgenstein promovieren wollen, sich dann aber doch für Nietzsche entschieden. ›Die Pädagogik des Selbst bei Nietzsche‹ heißt seine Arbeit, ich habe sie damals gelesen.

Ich bin inzwischen Medienbeauftragter der Hessischen Volkshochschulen, sagt Gerd, ich bin viel unterwegs und halte oberschlaue Vorträge.

Ich gründe demnächst eine Schule der Besänftigung, sage ich, eine Abendschule, die endlich das lehrt, was viele Menschen wissen wollen.

Oh! macht Gerd, das hört sich gut an.

Das finde ich auch, sage ich, die Resonanz ist gut.

Wann solls denn losgehen? fragt Gerd.

Vermutlich Anfang nächsten Jahres, antworte ich so routiniert wie unerschrocken, es kommt ein bißchen darauf an, wie schnell ich Räume kriege und ob mich die Stadt finanziell unterstützt.

Allerhand! stößt Gerd hervor.

Ich merke, daß jetzt auch er beeindruckt ist, ich bin beruhigt.

Ich muß los, sagt Gerd, sonst steht meine Frau allein in der Ankunftshalle herum!

Ich suche übrigens noch Dozenten, willst du nicht mitmachen? frage ich.

Sofort mache ich mit, sagt Gerd und entfernt sich von mir, wendet sich dann noch einmal um.

Ruf mich doch bitte an oder schick mir deine Unterlagen! sagt er und gibt mir seine Karte.

Mach ich! rufe ich ihm hinterher, dann verschwindet er zwischen den Autos.

Ich bin über meine Lügengeschichte nicht einmal besonders irritiert. Ich bin es gewohnt, in meinem Inneren mit eigenartigen Gebilden umzugehen. Neu ist, daß diesmal etwas von diesen Gebilden nach außen gedrungen ist, allerdings nur an die Adresse meines alten Studienfreundes Dr. Gerd Angermann. Wenn mich die Geschichte in Schwierigkeiten bringen sollte, kann ich sie jederzeit als späten Studentenscherz ausgeben.

Es geht auf Mittag zu. In der Nähe des Kassenhäuschens des Parkplatz-Aufpassers finde ich meinen Firmenwagen. Ich kämpfe mit den ersten Ermüdungen des Tages und überlege, ob ich nicht gleich in die Firma zurückfahren soll. Ach ja ... die Firma. Dann entschließe ich mich doch zu einem weiteren Hotel-Besuch. Ich weiß nicht, was mich ermüdet hat. Die Unlust, das Gerede, der Alkohol von gestern, die Verwirrung. Das Hotel Rheintraube liegt von hier aus etwa zwölf Kilometer entfernt in Richtung Wiesbaden. Ich sitze entspannt im Auto und habe doch das Gefühl, einen harten Arbeitstag schon hinter mir zu haben. Wieder entdecke ich, daß die Menschen (ich) nur für die erste Hälfte des Tages genug

Kraft haben. Wenn ich könnte, würde ich das Projekt ›Halbtags leben‹ erfinden. Jeder Mensch sollte das Recht haben, sich in der zweiten Hälfte des Tages von der ersten zu erholen. Ich brauche über diese Utopie nur ein paar Minuten zu phantasieren – und schon erwärmt sich mein Herz. Ich schaue den Autofahrern, die mir auf der Autobahn entgegenkommen, ins Gesicht. Jeder einzelne von ihnen würde mein Projekt befürworten. Das Hotel Rheintraube liegt in Höhe der Autobahn-Abfahrt Wallau. Als ich die Weinstöcke sehe, die sich wie auf Perlenschnüren aufgereiht über die Hügel ziehen, überwältigt mich ein Schreck. Es ist der verspätet eintreffende Schreck darüber, daß Gerd mich als Parkplatz-Wächter verunglimpft hat. Ich wundere mich, daß mich eine solche Allerwelts-Diskriminierung überhaupt noch erreicht. Ich lebe in einer Art ewigem Erschrocken-Sein. Der Dauer-Schreck geht auf mein Auf-alles-gefaßt-sein-Wollen zurück. Ich tue vor mir selber so, als seien alle Schrecken schon eingetreten, als sei ich von allen Schrecken schon erschrocken worden, so daß ich es mir ersparen kann, immer wieder neu auf einen Einzelschreck zu reagieren. Deswegen erschrecke ich eigentlich kaum noch, wenn ich erschreckt werde. Sondern ich merke erst hinterher (wie jetzt wieder), daß mich jemand erschreckt hat. So ist es gekommen, daß ich in einer Abfolge auftauchender und absinkender Schrecken lebe. Zudem habe ich festgestellt, daß sich die persönlichen Schrecken untereinander stark ähneln. Ihr Inhalt besteht fast immer aus einer Herabsetzung. Ihre Ähnlichkeit hat außerdem den Vorteil, daß sie schnell verpuffen. So ist es auch jetzt wieder. Der Schreck über Gerds Bemerkung klingt schon wieder ab.

Das Foyer des Hotels Rheintraube ist groß und hell. Die Tagesgäste sind schon verschwunden, dennoch wimmelt es im Empfangsraum von jungen Herren in dunklen Anzügen und Damen in schwarzen Kostümen und weißen Blusen. Auf der linken Seite des Foyers zieht sich ein großes Buffet entlang. Ich habe den falschen Tag erwischt, es findet hier eine Art Tagung statt. An den rot-weiß-rot gestreiften Prospektmappen der Teilnehmer ist zu sehen, daß die Tagung etwas mit Österreich zu tun hat. Eine freundlich-kugelige Frau in mittleren Jahren kommt auf mich zu und fragt, ob ich noch zu den Reisebüro-Fachleuten gehöre.

Nein, antworte ich und sage meinen Spruch auf.

Und ich habe Glück. Frau Bechtle, die Hotel-Chefin, kommt zufällig vorbei und redet sofort auf mich ein. Sie ist unzufrieden mit ihrer bisherigen Wäscherei. Es werden immer wieder Wäschestücke vertauscht und der Service ist unzuverlässig, sagt sie. Frau Bechtle geht mit mir hinter die Rezeption und bietet mir einen Platz an. Frau Bechtle redet darüber, wie oft sie schon Bettwäsche von anderen Hotels in ihrer Wäsche gefunden hat und wie sinnlos es ist, sich bei den Wäschereien zu beschweren, ja, die Wäschereien stellen sich tot gegenüber solchen Reklamationen, sie tun so, als sei man im Kopf nicht mehr ganz gesund, verstehen Sie, ich habe die Nase voll, ich hoffe, Sie stellen sich nicht tot.

Wir lachen über Frau Bechtles letzten Satz, was mir ein wenig nahegeht, weil ich weiß, wie oft ich mich totstelle, um durch das Leben zu kommen, ja, ich könnte sogar behaupten, daß das Sich-tot-Stellen eine meiner Hauptlebenstechniken ist. Natürlich sage ich davon kein Sterbenswörtchen, auch nicht im Scherz, sondern verbreite unser Angebot, das Frau Bechtle zusagt. Wir verabreden einen ersten Abholungstermin für nächste Woche, danach ist der sachliche Teil unserer Unterhaltung beendet. Ich bedanke mich vielleicht etwas überschwenglich und versichere, Frau Bechtle werde nicht enttäuscht sein etc. In diesen Augenblicken öffnen sich zwei Flügeltüren zu einem größeren Saal, aus dem etwa hundertfünfzig zufrieden gestimmte Damen und Herren herausströmen. Es sind Chefs und Abteilungsleiter von Reisebüros, die vom Österreichischen Tourismus-Verband auf das Urlaubsland Österreich eingestimmt werden (weiß ich von Frau Bechtle). Die Damen und Herren sind mit ledernen Schreibgarnituren beschenkt worden, außerdem mit riesigen, himmelblauen Tüten voller Prospekte über österreichische Urlaubsorte. Die Leute verteilen sich um das Buffet und um ein paar Bedienungen, die mit Sekt und Orangensaft aus den Türen der Service-Station herausdrängen. Ich reihe mich ein in die gutgelaunte Schlange vor dem Buffet, das sich, wie ich jetzt lese, TIROLER BAUERNSTANDL nennt und bei den Reisebüro-Leuten sehr gut ankommt. Es gibt schönes helles Bauernbrot, Sennkäse aus Alpenmilch, Bierkäse, Tiroler Bergschinken, Tiroler Ziegenkäse und Tiroler Gurken. Ich betrachte das weiße Gesicht einer ganz jungen Reisebüro-Fachfrau, die sich ihre Schreibgarnitur verliebt gegen die linke Wange drückt. Unter ihrer dünnen Bluse schimmern ihre weißen Schultern hervor, die mich an Traudels weiße Schultern erinnern.

Niemand fragt mich, niemand will etwas von mir, ich kaue an einer halben Scheibe Bauernbrot und einem Stück Tiroler Schinken und freue mich auf das kommende Wochenende. Traudel und ich werden lange im Bett liegen und überlegen, ob wir ein Stadtfest besuchen, an einem Grillabend von Traudels Kollegen teilnehmen oder ob wir uns einen arabischen Bauchtanzabend in einem jordanischen Lokal anschauen sollen. Wir könnten auch endlich einen Nachtspaziergang am mondbeschienenen Mainufer machen oder uns einen selten gezeigten amerikanischen Krimi in einem Kunstkino ansehen. Wahrscheinlich wird nichts von alldem geschehen. Traudel wird mir von ihrer Kindheit erzählen, ich werde dicht neben ihr liegen und zuhören und ihren Busen betrachten. Jahrelang habe ich geglaubt, es geschieht nichts beim Anschauen von Traudels Busen. Es findet keine aktuelle Verlockung mehr statt, keinerlei Unmittelbarkeit durch körperliche Reize, dazu kenne ich Traudels Busen schon viel zu lange. Es geschieht etwas viel Fundamentaleres: die sich immer noch steigernde Verfestigung einer Zugehörigkeit. Traudels Busen und ich, wir gehören zusammen. Und das nur durch die Mysterien des jahrelangen Betrachtens! Ich stelle mir dann so sinnlose Fragen wie die, ob ich Traudels Brüste mehr schätze, wenn sie bukettartig in einem Ausschnitt verpackt sind, so ähnlich wie bei einem bayerischen Dirndl, oder wenn sie sich im Bett frei präsentieren und hin- und herkullern durch Traudels Bewegungen. Als meinen Wohnort könnte ich eigentlich angeben: Ich bin Untermieter bei Traudels Busen. Allmählich verlaufen sich die Tagungsteilnehmer nach dahin und dorthin. Viele haben ihre himmelblauen Tüten einfach weggeworfen oder irgendwo stehenlassen. Ich nehme eine der Tüten an mich und überlege, ob ich einen ganzen Tiroler Schinken mitgehen lassen soll, für die schweren Zeiten, die sicher kommen werden. Ich trete ein wenig zur Seite, um mich zwei Minuten lang zu besinnen. Ich weiß nicht, warum mich zuweilen die Angst vor einer zukünftigen Armut innerlich durchschüttelt. Die Tage dauern entschieden zu lang. Der Mensch erlebt in den zerdehnten Stunden zu viele unnütze Gespenstereien. Erneut fällt mir mein Projekt ›Halbtags leben‹ ein. Wenn dieses Projekt bereits Wirklichkeit wäre, könnte ich mich jetzt zurückziehen und auf die törichten Einfälle des Vormittags zurückblicken. So aber muß ich einen gefährlichen Plan in mir niederknüppeln und mit schinkenzarten Worten zu mir sagen: Niemals hast du einen ganzen Tiroler Schinken wirklich haben wollen. Das Buffet wird leerer und leerer. Ich trete vor den langen Tisch und betrachte die diversen Tiroler Schinken zum Glück ohne jede Begehrlichkeit. Ich erinnere mich an meinen

Kinderwunsch, daß ich als Hase durch das Leben habe hoppeln wollen, ohne jemals von irgend jemand angesprochen zu werden. Kommen mir gleich die Tränen? Etwas von der Feinheit, die ich zum Leben brauche, finde ich nur in meiner Melancholie. Eine weitere Minute bleibe ich vor dem Buffet stehen, dann verlasse ich das Hotel, ohne Schinken, ohne Tüte, ohne Tränen. Frau Bechtle, die Chefin, sieht mich und winkt mir nach, ich bin gerührt und winke zurück. Die Frauen in ihren spießigen Sparkassen-Kostümchen gefallen mir außerhalb des Hotels viel besser als innerhalb. Ich höre, wie eine Frau zu einer anderen sagt, sie hätte einen viel zu kleinen Mund. Zu klein wofür? will ich fragen, aber ich kann mich gerade noch beherrschen.

FÜNF

Heute abend gehen Traudel und ich ins Theater. Wir sehen uns das Stück »Eines langen Tages Reise in die Nacht« des amerikanischen Autors Eugene O'Neill an. Traudel freut sich schon seit Tagen, meine Erwartungen sind eher gedämpft. Traudel schätzt die robusten Familienstücke amerikanischer Dramatiker (wie etwa Tennessee Williams, Arthur Miller, Edward Albee) erst seit wenigen Jahren, während ich mich schon in meiner Jugend an ihnen sattgesehen habe. Das Stück von O'Neill habe ich als Student, als ich Mitte Zwanzig war, schon einmal angeschaut. Es geht (vereinfacht gesprochen) in diesen Texten eigentlich immer um dasselbe: Ein Vater, ein Ehemann oder ein Sohn kommt durch zuviel Alkohol, zu viele Frauen oder zuviel Mißerfolg vom rechten Weg ab und stürzt mitsamt seiner Familie ins Unglück. Dennoch freue ich mich auf den Abend, ein bißchen auch deswegen, weil wir gegen unseren Willen fast theaterentwöhnt sind und weil Traudel und ich endlich mal wieder einen außerordentlichen Abend miteinander verbringen.

Nach dem Theater wollen wir essen gehen und haben dafür in einem sogenannten besseren Lokal einen Tisch reserviert. Gerade habe ich an der Abendkasse unsere vorbestellten Karten abgeholt. Traudel muß sich leider bis zur letzten Minute ihres Arbeitstages in ihrer Sparkasse abarbeiten. Wenn es unterwegs keine Staus gibt, wird sie gegen 19.30 Uhr im Foyer des Theaters eintreffen. Die Aufführung beginnt um 20.00 Uhr, jetzt ist es 18.30 Uhr. Ich überlege, ob ich das

Programmheft vorher lesen oder ob ich in der Theaterbar vorab ein Glas Wein trinken soll. Aber Theater-Programmhefte kann ich eigentlich nicht mehr lesen. Die Artikel in diesen Heften kenne ich schon so lange wie die Stücke, von denen wir heute Abend eines sehen werden. Ich schaue kurz in die Theaterbar und kehre wieder um. An der langen Theke sitzen erkennbar kleinbürgerliche Damen und Herren in festlicher Kleidung. Auch Traudel wird in gehobener Garderobe erscheinen. Sie wird nach Büroschluß nach Hause fahren und sich umziehen. Es ist mir verboten, mich über Traudels Abendgarderobe lustig zu machen, und es ist Traudel verboten, sich über meine Alltagskluft zu mokieren. Das ist unsere Vereinbarung, mit der wir gut über die Runden kommen.

In einer der Seitenstraßen rund um das Theater sehe ich ein kleines Mädchen, das seinen Hund kämmt. Der Hund hält still und schaut sich die Spatzen an, die um ihn herumtschilpen. Die Vögel warten auf die kleinen wattigen Fellknäuel, die das Mädchen mit der Hand aus dem Kamm herauszieht und wegwirft. Die Spatzen stürzen sich auf die zottigen Knäuel und fliegen mit ihnen weg, wahrscheinlich werden sie für den Nestbau gebraucht. Ich würde mich gerne ein bißchen hinsetzen, aber es gibt hier keine einzige Bank oder sonst eine Sitzgelegenheit. Das Mädchen merkt, daß mir die allmähliche Verschönerung des Hundes gefällt, und kämmt das Tier für mich noch einmal. Wenn ich ehrlich sein dürfte, wäre die Darbietung des Mädchens ein für mich ausreichendes Abendprogramm. Aber dann, eine halbe Stunde später, sehe ich Traudel und bin hingerissen wie in alten Zeiten. Sie sieht schön aus. Stöße des Verlangens zucken durch mich hindurch, wenn ich sie nur ansehe. Sie trägt ein neues Seidenkleid mit tiefem Ausschnitt und breitem Stoffgürtel, der sich wie eine Schleife vom Rücken her nach vorne über den Leib zieht. Natürlich darf ich nicht sagen, daß ich

O'Neills Stück für einen alten Schinken halte. Dann würde Traudel erwidern, daß ich nur meine ebenso alte Negativität zeigen will, und der Abend wäre verdorben, noch ehe er angefangen hätte. Also halte ich den Mund und lasse ein abgestandenes Theaterstück über mich ergehen. Aber dann, im Theater, geschieht eine seltsame Verwandlung. Ich höre den Nörgeleien der Hauptfigur mit wachsendem Interesse zu und erinnere mich dabei an ähnliche Beschwerden meines Vaters. Genau wie die Theaterfigur überwarf er sich mit dem von ihm gewählten Leben. Auch mein Vater wurde nicht damit fertig, daß er einen Beruf, eine Wohnung, eine Frau und Kinder hatte. Die meisten Männer, glaube ich, verstehen nicht, daß sie eine Familie haben. Das Leiden der Männer fängt damit an, daß sie eine Frau lieben. Dieses Leiden leuchtet ihnen gerade noch ein, weil es ihnen auch Lust und Befriedigung bringt. Später heiraten die Männer die von ihnen geliebte Frau. Das verstehen die Männer auch noch, wenn auch nicht mehr ganz so problemlos. Dann bekommt die Frau zwei oder mehr Kinder. Diese Vorgänge verstehen die Männer nicht mehr. Denn jetzt sitzen sie zu viert oder fünft an einem Tisch und essen zusammen mit mehreren Leuten Abendbrot. Den Mann nennen die Kinder bald ihren Vater, was die Männer befremdet. Jetzt gehen die Männer dazu über, ihre Frau zu beschuldigen und ihre Kinder zu verängstigen. Der Held des Theaterstücks redet und trinkt immer mehr und versteht immer weniger von seiner Familie. Ich schaue und höre ihm zu und erinnere mich genau an die Augenblicke, als mir eines Tages aufging, wie glücklich meine Eltern vor ihrer Heirat gewesen sind. Ich war dreizehn Jahre alt und betrachtete zusammen mit meiner Mutter ältere Familienfotos. Vor ihrer Hochzeit waren meine Eltern zwei lachende junge Leute, die in Bierzelten und Gartenlokalen saßen und sich zukunftsfroh anschauten. Sie folgten wie fast alle der Überschätzung ihrer Kräfte und heirateten und zeugten Kinder. Auf den späteren Fotos hatten meine Eltern beklommene und überforderte Gesichter. Plötzlich, alte Familienbilder betrachtend, ging mir auf, daß meine Eltern ihren Versuch, das Glück (die Genügsamkeit zu zweit) und die neue Unfreiheit (die Ehe) zu vereinbaren, mit einer sich kaum je aufhellenden Trauer bezahlen mußten. In diesen Augenblicken berührt ausgerechnet dieses abgestandene und jetzt doch hervorragende Theaterstück nicht nur das Leben meiner Eltern, sondern auch mein eigenes. Momentweise bin ich überzeugt, daß Traudel nicht nur ein Kind will, sondern mindestens zwei, wahrscheinlich drei. Ich bin froh, daß ich in einem dunklen Raum sitze und nicht sprechen muß. Es ist nichts los, ich sitze mit Traudel in einem Theater, aber es beschleicht mich die Ahnung eines bösartigen Schicksals. Offenkundig hat Traudel das öde Leben als Leiterin einer Sparkassen-Filiale satt und sucht ein neues Glücksgebiet. Sie braucht, um das Leben zurückzugewinnen, ein paar deutliche Geschmacksverstärker, sie braucht Kinder. Zwei Sekunden später durchflutet mich eine mir bis dahin unbekannte Erschrockenheit und kurz danach das Gefühl einer inneren Lähmung. Es müßte jemand erscheinen und mich aus meiner Erschrockenheit herausführen. Aber es kommt wie üblich niemand. Wer soll denn auch kommen? Das Herausführen aus einer Lähmung ist eine dem Menschen unvertraute Geste. Dann und wann schaue ich zu Traudel hinüber. Sie folgt mit weit geöffneten Augen und trockenen Lippen dem Geschehen auf der Bühne. Soeben zeigt sich, daß Jamie, der Sohn des Vaters, sein Geld ebenfalls für Prostituierte und Alkohol ausgibt. Ich bin dankbar, daß kein Mensch der Welt von meiner momentanen Schwäche weiß. Der Schock liegt in der plötzlich eintretenden Gewißheit, daß sich in Traudel und mir das Schicksal meiner Eltern wiederholen wird. Ich muß es sogar für möglich halten, daß ich mich ebenfalls dem Alkohol zuwende, wenn Traudel von ihrem Glücksfeldzug nicht abläßt. Insofern ist das vor mir ablaufende Theaterstück das aktuellste meines Lebens. Ich empfinde einen heimlichen Genuß an meinen Befürchtungen, was mir nicht recht ist. Natürlich verstehe ich Traudels Lebenslage, auch wenn ihre Absichten einen Mißbrauch meiner Person einschließen. Es ist typisch, daß Traudel nicht mit mir über mein Geschick als Familienvater redet. Der Mensch, dem ein neues Geschick droht, kann nicht zugleich der Mensch sein, mit dem zusammen die neue Lage erörtert wird. Es muß immer so aussehen, als hätte es keine Wahl gegeben. Nur so wird alles, was geschieht, ein Fatum sein können. In meiner Schlichtheit, die zu beteuern ich nicht müde werde, habe ich mir immer vorgestellt, daß zwei Personen, die zusammen ein Kind haben wollen, sich eines schönen Tages zusammensetzen und ihre Glückswünsche gemeinsam klären. Statt dessen ist es jetzt so, daß ich als unpassender Partner in der Unübersichtlichkeit der Liebeshandlungen irgendwie überrumpelt werden muß, weil es anders nicht geht.

Im Theatersaal wuchert still und heimlich meine melancholische Verwilderung. Denn Traudel wird, daran gibt es für mich keinen Zweifel, das Kinder-kriegen-Wollen gegen mich durchsetzen. Möglicherweise wird sie mich nach der Geburt eines Kindes sogar wegschicken, wenn ich mich nicht anpasse. In den Zeitungen steht, daß es immer mehr Frauen gibt, die von einem Mann nur die Befruchtung wollen; danach kann der Mann gehen. Mit sinnloser Heftigkeit denke ich in den dunklen Saal hinein, daß ich mich nicht wegschikken lassen werde. Es wäre schrecklich für mich, ein vor die Tür gesetzter Vater zu sein, der sein Kind nicht sehen darf, weil die Mutter es so will. Inzwischen habe ich den Kontakt zu dem vor mir ablaufenden Theaterstück weitgehend verloren. Die Erschrockenheit hat mich in ihr eigenes Dunkel eingehüllt. Momentweise komme ich mir selbst vor wie die Hauptfigur eines untergegangenen Theaterstücks, nein, ich meine: wie die versunkene Hauptfigur eines niemals untergehenden Theaterstücks. Traudel hingegen hat in dem Stück unsere eigene Problematik offenbar nicht erkannt. Jedenfalls kann ich in ihrem Gesicht keine Spuren von Irritation oder Erschütterung erkennen. Nach dem Ende des vierten Aktes klatscht sie lebhaft Beifall und flüstert mir zu, daß sie schon sehr lange nicht mehr einen so eindrucksvollen Theaterabend erlebt habe. Eine Frau, der das Leben gerade gefällt, wird dadurch noch schöner. Traudel zieht ihr schimmerndes Seidenjäckchen über und klatscht im Stehen weiter. Sechsmal kehren die Schauspieler auf die Bühne zurück, dann verebbt der Beifall. Das Lokal, in dem wir einen Tisch bestellt haben, ist etwa zehn Gehminuten vom Theater entfernt. Die Luft ist lau, fast schwül. Das warme Wetter hat die Teer-Einfassungen der Schienen und Pflastersteine so sehr aufgeweicht, daß man auf der Straße fast wie auf Teppichen geht. Auf dem Weg zum Restaurant redet Traudel in dringlichem Ton darüber, daß wir in Zukunft unbedingt öfter ins Theater gehen müssen.

Das haben wir uns schon oft vorgenommen, sage ich.

Warum machen wir es dann nicht?

Wir müssen zu lange arbeiten, so daß wir für einen plötzlichen Theaterabend nicht mehr zurechtkommen, sage ich; wenn ich noch einen Termin gehabt hätte, hättest du allein ins Theater gehen müssen.

Das hätte ich nicht gemacht, sagt Traudel.

Warum nicht?

Ich kann mich nur richtig freuen, wenn du dabei bist und dich mitfreust. Wenn ich allein bin, komme ich von dem Gedanken nicht los, daß ich eine verdammte Egoistin bin.

Wir lachen.

Meine heimliche Strategie ist, Traudel möge plötzlich erkennen, daß sie, wenn sie erst Mutter ist, noch seltener ins Theater kommen wird. Aber meine Strategie führt nicht zum Ziel; wahrscheinlich fallen mir die richtigen Sätze nicht ein.

Aber du bist keine verdammte Egoistin, sage ich, und du weißt es.

Ich weiß es, sagt Traudel, aber mein Gefühl beschuldigt mich trotzdem.

Wie kompliziert du bist, sage ich.

Kennst du solche Widersprüche nicht?

Und wie! rufe ich aus. *Meine* Widersprüche sind noch viel krasser.

Dann bin ich beruhigt, sagt Traudel.

Wir lachen erneut über unsere Widersprüche und betreten das Restaurant, in dem wir einen Tisch reserviert haben. Fast alle Tische sind besetzt. Mir kommt es so vor, als würde ich einzelne Paare aus dem Theater wiedererkennen. Es sind gut verdienende, vermutlich kinderlose Paare, gehobener Mittelstand. Die Woche über arbeiten sie hart, trinken wenig, rauchen nicht und gehen früh zu Bett, damit sie am nächsten Morgen wieder fit sind. Es behagt mir nicht, daß wir dieser Schicht angehören. Ich möchte nicht Teil einer empirisch festgestellten Gruppe sein. Ein Ober führt uns zu einem kleinen Tisch an der hinteren Wand und reicht uns zwei in Kunstleder eingebundene Speisekarten. Traudel ist guter Laune und blättert in der Speisekarte. Obwohl wir unseren gemeinsamen Angeberabend verbringen, werden wir Menüs unter 18 Euro wählen. Als Mittelständler, die auch abends aufsteigen, fallen wir nicht aus dem Rahmen. Der Ober bringt uns angewärmtes italienisches Brot und ein Schälchen mit schwarzen Oliven. Traudel entscheidet sich für gefüllte Seezungenröllchen mit Fenchelragout, ich wähle Kalbsrükkenscheiben mit Mohnkartoffelkrapfen, dazu zwei Gläser Bordeaux und eine Flasche Mineralwasser. Traudel plaudert, sie lacht mich an und manchmal auch die Leute um uns herum. Sie redet undeutlich, aber begeistert über das Stück. Ich erwähne, daß Eugene O'Neill viele Jahre lang nicht wußte, was aus ihm werden sollte, daß er viele Jobs hatte und fast gescheitert wäre, wenn er nicht eines Tages gemerkt hätte, daß er das Talent eines Dramatikers hatte. Traudel ist entzückt über mein locker serviertes Bildungswissen. Sie hebt ihr Glas, wir prosten uns zu, Traudel lobt mich als Unterhalter und Literaturkenner. Der Ober bringt unsere Menüs, Traudel lächelt sogar ihre Seezungenröllchen an. Wenn ich mich nicht irre, hat Traudel im Augenblick sehr gute Lebensgefühle; sie hat den Eindruck, daß sie mit dem richtigen Mann zusammenlebt, was sie auch schon bezweifelt hat. Zwei kleine Mädchen rennen im Lokal herum und verbreiten den Geruch ihres süßlichen Kinderschweißes. Der Mann am Nebentisch redet über unser aller Freiheit, die es seiner Meinung nach nicht gibt. Jeder weiß doch, wie unmöglich es ist, eine bezahlbare Wohnung zu finden, eine bessere Stelle zu kriegen oder gar die Stadt zu verlassen, sagt der Mann zu seiner Begleiterin. Traudel und ich essen geziemend langsam. Unser wechselweises Aufschauen bedeutet: Derartig anstrengende Freiheitsgespräche wie am Nebentisch brauchen wir nicht. Die beiden Kinder hüpfen wie Ponys, ein Bein immer etwas höher als das andere, so daß für sie selbst der Eindruck springender Pferdchen entsteht. Der Mann am Nebentisch sagt: Wahrscheinlich merken die Menschen nicht, daß unsere Freiheit nur eine Freiheit des Redens und Vorstellens ist, nicht eine des Handelns. Wahrscheinlich empfinde ich das Problem, daß ich dem Mann am Nebentisch innerlich beipflichte, meine Zustimmung aber verheimlichen muß. Denn plötzlich kann ich mich nicht mehr zurückhalten, zu Traudel einen vollkommen überflüssigen Satz zu sagen: Wenn du erst ein Baby hast, können wir nicht mehr so entspannt in einem Lokal sitzen.

Traudel ist verwirrt. Sie fragt: Warum sagst du das?

Leider kann ich mir nicht Einhalt gebieten, sondern muß mich als Anwalt meiner bedrohten Freiheit aufspielen. Ich weise nur auf gewisse Unverträglichkeiten hin, sage ich blöde.

Unverträglichkeiten ... was für Unverträglichkeiten?

Ja ... also ... das Kind, sage ich.

Was für ein Kind, sagt Traudel.

Ich sollte jetzt aufhören oder von unserem nächsten Urlaub reden oder von sonst etwas, aber ich sage: Ist es vielleicht so, daß dir dein Beruf als Filialleiterin ... nicht mehr gefällt?

Wie kommst du darauf? Im Gegenteil, wahrscheinlich werde ich im nächsten Jahr eine Filiale in der Stadt mit erheblich mehr Personal übernehmen.

Also du willst deine Stelle nicht aufgeben?

Warum sollte ich?

Aber du willst doch gleichzeitig ein Kind, oder?

Wegen eines Kindes muß eine Frau heute nicht mehr ihr Leben ändern, sagt Traudel.

Das ist, sage ich, die Propaganda der Frauenzeitschriften.

Auf Traudels Gesicht kann ich die Augenblicke eintreten sehen, die ihr momentweise die Sprache verschlagen.

Also, sagt sie dann und spricht nicht weiter.

Ich schweige eine Weile, esse zu schnell, trinke zuviel, atme zu heftig.

Dann sage ich: Als meine Mutter ehemüde wurde, wollte sie plötzlich ein eigenes Haus mit Garten, und als sie beides nicht bekam, kriegte sie zwei Kinder, meine Schwester und mich.

Das hast du alles messerscharf analysiert, ja?

Nein, sage ich, meine Mutter hat es mir einmal erzählt.

Was habe ich mit deiner Mutter zu tun?

Du ähnelst ihr in gewisser Weise, sage ich; ich habe Angst davor, daß du deine Lebenspläne änderst, wie meine Mutter, ja.

Du verdirbst mir doch den Abend, sagt Traudel.

Ich will mich entschuldigen, aber dafür ist es zu spät.

Ähhh, sage ich, es tut mir leid.

Ich brauche deine Ratschläge nicht, sagt Traudel, du bist unreif.

Traudel nimmt ihre Handtasche an sich, steht auf und verläßt Tisch und Lokal. Ich bin schon öfter verlassen worden, aber noch nicht in einem Restaurant während des Essens. Ein Gummibaum in der Ecke läßt ein einzelnes Blatt fallen. Ich starre auf Traudels halb aufgegessene Seezungenröllchen und nehme ein paar Schlucke Wein. Die Leute um mich herum sehen mich an. Ja, denke ich, das Schicksal klopft nicht an und fragt nicht, das Schicksal tritt ein. Ich brauche eine Weile, bis ich mir klargemacht habe, daß Traudel bloß nach Hause gehen wird. Dramatisch sieht nur der Abgang aus, die Heimkehr wird normal sein wie immer. In Wahrheit beruhigt mich meine innere Langsamkeit. In der Langsamkeit verarbeite ich, daß ich wenig verstehe und nicht viel Neues kennenlernen möchte. Das Nichtverstehen wird in der Langsamkeit aufbewahrt und die Langsamkeit im Nichtverstehen. Der Mann am Nebentisch hat sich schon an meinen Anblick gewöhnt und redet weiter über die Freiheit, aber ich höre ihm nicht mehr zu. In der merkwürdigen Kälte, die nach einem Schreck übrigbleibt, vertilge ich die dritte Kalbsrückenscheibe und trinke dazu Wein. Die beiden verschwitzten Mädchen bleiben an meinem Tisch stehen. Ich sage ihnen nicht, daß sie weggehen sollen. Ich werde in Ruhe zu Ende essen, dann zahlen und ebenfalls nach Hause gehen. Vermutlich sorgt sich Traudel mehr um mich als um sich selbst. Der Ober kommt an den Tisch und fragt, ob er Traudels zurückgelassenen Teller abräumen soll. Ich nicke. Danach greift er nach Traudels halbvollem Weinglas und will dieses ebenfalls wegtragen. Ich sage ruhig: Das lassen Sie bitte hier. Der Ober entschuldigt sich knapp und stellt Traudels Weinglas zurück auf den Tisch. Ich überlege, ob ich nicht doch Angst habe. Aber eine Angst, über die ich nachdenken kann, ob es sie gibt oder nicht, kann keine wirkliche Angst sein. Ich trinke zuerst mein Glas leer, dann das Glas von Traudel. Wie sonderbar, sagt die Angst, Traudel ist weggelaufen, aber nicht wirklich. Sie fährt allein zurück in die Wohnung, in die ich ebenfalls zurückkehren werde. Es ist ein bißchen unheimlich, aber wir landen immer wieder in dieser Wohnung. Ich lasse mir die Rechnung bringen und zahle. Die beiden Mädchen bleiben an meinem jetzt leeren Tisch zurück und schauen mir traurig nach.

Draußen kommt ein Wind von rechts und beugt die Äste der Bäume, so daß die hellgrüne Oberseite der Blätter momentweise verschwindet und die silbergrünen Unterseiten leuchten. Die meisten Häuser sind vollständig eingedunkelt. In kaum einem Fenster brennt noch Licht. Die Autos sind so eng hintereinander geparkt, daß ich nicht zwischen ihnen hindurchkomme, ohne mir die Hosenbeine zu beschmutzen. Über mehrere Autodächer hinweg sieht mich eine Streunerin an. Sie trinkt eine Bierdose leer und zerdrückt die Blechdose dann mit zwei Händen. Von vorne kommt ein Hund, von hinten ein Motorrad. Der Hund gibt keinen Ton von sich, das Motorrad macht einen Riesenlärm.

SECHS

Auf der anderen Seite der Straße ist das Kulturamt. Dort muß ich hin. Im selben Haus befindet sich das Sozialamt (2. Stock), das Rechtsamt (1. Stock); welches Amt im 3. Stock arbeitet, weiß ich nicht; ganz oben jedenfalls, im 4. Stock, ist das Kulturamt untergebracht. Das hat mir Dr. Heilmeier am Telefon gesagt, als ich ihm mein Anliegen vortrug. Er war überraschend freundlich; es erstaunte mich, daß er mich ohne Umschweife zum Besuch des Kulturamts aufforderte, was in Kürze geschehen wird. Im Augenblick halte ich mich in einem großen, unübersichtlichen, ein wenig heruntergekommenen Café gegenüber vom Kulturamt auf. Die Menschen setzen sich überall hin, egal, ob es zu laut, zu stinkig, zu häßlich, zu eng oder zu schrill ist. Sie setzen sich hin und schauen und hören sich an, was zu laut, zu stinkig, zu häßlich, zu eng und zu schrill ist. Ich werde etwa zwanzig Minuten brauchen, um mich innerlich auf den Besuch bei Dr. Heilmeier vorzubereiten. Ich möchte die Ereignisse, bevor sie eintreten, sozusagen vorab erleben. Für das Gespräch mit Dr. Heilmeier veranschlage ich eine halbe Stunde. Danach muß ich schnellstens zurück in die Wäscherei, ich verbringe hier nur meine Mittagspause, die ich freilich ein bißchen dehnen darf, falls nötig. Die Beobachtung des Eingangs des Kulturamts ist eine gute Technik der Vorabeinfühlung. Die Leute, die hier ein und aus gehen, ähneln zwar den Menschen, die überall ein und aus gehen, aber trotzdem sage ich mir: Es sind besondere Menschen, die in einem Kulturamt zu tun haben, und beruhige mich dabei. Ich trage den besseren meiner beiden Sakkos, weil mein Zweitsakko inzwischen so formlos und mitgenommen ausschaut, daß Traudel mir abrät, mich darin noch irgendwo zu zeigen. Ich betrachte eine dickliche junge Frau von hinten, ihr Pulli ist ein wenig hochgerutscht, so daß ihre speckige Hüfte zu sehen ist. Ein Schwarm Rentner betritt das Lokal; sie bleiben am Eingang stehen und warten, bis ein Tisch frei wird. Auf den Anblick ihrer flehentlichen Halbverlassenheit reagiere ich mit einem kleinen Existenzzittern. Ich trinke die Hälfte meines Cappuccinos auf einmal weg, weil mir die Beklemmung durch die Rentner zu nahe geht und ich sie außerdem nicht verstehe. Ich betrachte die Speckhüfte der jungen Frau am Nebentisch, was ich auch nicht tun sollte. Denn es ist mir schon längst aufgefallen, daß mich der fleischige Ring zwischen Gürtel und Pulli an meine tote Mutter erinnert, an die ich jetzt nicht erinnert sein möchte. Ich ermahne mich, du solltest dich jetzt nicht deiner Mutter schämen oder ihr sonstwie nachhängen, denn du gehst gleich ins Kulturamt und solltest jetzt ein paar rasante, kulturell eindrucksvolle Sätze vorformulieren, die du dann ohne Hemmungen aufsagen kannst. Meine Mutter hatte zwischen Brust und Hüfte einen erheblichen Speckgürtel, der mich als Kind oft beglückte. Meine Mutter ließ sich von mir gern umfassen und achtete nicht darauf, auch später nicht, wenn ich ihr im Eifer des Umarmens zwischendurch an die Brust faßte. Daß meine Mutter *zwei* Brüste hatte, beruhigte meine kindliche Vorratsgesinnung. Ich hatte als Kind tatsächlich die Vorstellung, *ich* sei der Besitzer der Brüste meiner Mutter. Ich war beruhigt und momentweise sogar sorgenfrei, wenn ich dabei zusehen konnte, wie sich meine Mutter mehrfach am Tag von oben in den Ausschnitt griff und eine der beiden irgendwie verrutschten Brüste wieder ordentlich in den Büstenhalter zurückschob. Sie lachte mich an, wenn sie merkte, daß ich sie dabei beobachtete.

Die Rentner haben Platz gefunden, ich trinke meine Tasse leer und zahle. Der Verkehrslärm draußen kommt mir plötzlich wie eine geheimnisvolle Bestätigung meiner Absichten vor. Inmitten dieser Geräusche gehst du unaufhaltsam voran und bereitest dein neues Leben vor. Im Fahrstuhl befindet sich eine junge Frau, die einen Stapel Papiere seitlich von sich weghält und mich nicht anschaut. Das Kulturamt besteht aus einem schmalen Gang, von dem links und rechts ein paar Türen abgehen. Ich strebe an der ersten (offenen) Tür vorbei, da stoppt mich eine weibliche Stimme.

Wen darf ich bitte anmelden, fragt eine Empfangsdame.

Ich bin mit Herrn Dr. Heilmeier verabredet, sage ich.

Ich muß Sie trotzdem nach Ihrem Namen fragen, sagt die Frau.

Warlich, sage ich, Gerhard Warlich.

Ich muß warten, die Empfangsdame telefoniert, ich hole ein Exposé aus meiner Aktentasche heraus.

Die letzte Tür links, sagt die Dame.

Ich habe die Tür noch nicht erreicht, da tritt ein Mann in mittleren Jahren auf den Flur heraus. Er trägt einen hellen Anzug und ein offenes Hemd, er weist mir mit der Hand den Weg in sein Büro und sagt:

Sie kommen in einem günstigen Augenblick. Die Stadt trägt sich schon länger mit der Absicht, eine Pop-Akademie zu eröffnen.

Das Wort Pop-Akademie läßt mich kurz erstarren. Eine Pop-Akademie ist das krasse Gegenteil dessen, was mir vorschwebt. Ich habe nicht die geringste Ahnung, wie dieses Wort mit meinen Absichten in Verbindung gebracht werden konnte.

Die Politik muß darauf reagieren, sagt Dr. Heilmeier, daß die Menschen soviel Freizeit haben und daß nur wenige mit der überflüssigen Zeit etwas anfangen können. Da müssen wir helfen!

Mit einem derartigen Mißverständnis habe ich nicht rechnen können. Wahrscheinlich bin ich schockiert. All die Sätze, die ich mir im Café zurechtgelegt habe, sind mit einem Schlag unbrauchbar geworden. Wahrscheinlich müßte ich, mit höchstem diplomatischem Geschick, ein paar Tatsachen ins rechte Licht rücken. Allerdings bin ich so verdattert, daß mir jegliches Geschick abhanden gekommen ist.

Sie haben mir doch ein Exposé mitgebracht, oder? fragt Dr. Heilmeier.

Ja, gern, bitte, sage ich und reiche ihm mein Papier, das mir im Augenblick hoffnungslos vorkommt.

Danke, sagt Dr. Heilmeier, schaut kurz auf das Papier und sagt: Nur eines müssen Sie ändern! Der Name der Akademie! Schule der Besänftigung! Das klingt, Verzeihung, das klingt nicht sehr gegenwärtig! Wir brauchen einen flotten, mitreißenden Titel. Sie wollen doch die Jugend erreichen, nicht wahr?

Ich nicke.

Ich habe schon mit meinem 18jährigen Sohn über die Schule der Besänftigung gesprochen, sagt Dr. Heilmeier, das geht total in die Hose, sagt mein Sohn, Sie verstehen. Meiner Frau hat der Name allerdings gut gefallen, aber meine Frau arbeitet ehrenamtlich beim Deutschen Roten Kreuz und will kein Popstar werden.

Dr. Heilmeier lacht, ich lache ein wenig mit, nicht, weil ich Dr. Heilmeier lustig finde, sondern weil mir plötzlich eine unerwartete Hoffnung zufließt. Ich habe den Eindruck, daß mir das Mißverständnis Vorteile bringen wird. Das Wort Pop-Akademie beflügelt Herrn Dr. Heilmeier, es ist offenkundig, daß er sich für eine Pop-Akademie viel stärker einsetzen wird als für eine Schule der Besänftigung. Trotzdem überlege ich, ob ich das Mißverständnis sofort aufklären soll, zumal ich mich an seiner Entstehung unschuldig fühle. Im Gegenteil, wenn es jemanden gibt, der eine Pop-Akademie für ein greuliches Verhängnis hält, dann bin ich das. Aber ich genieße schon viel zu sehr Dr. Heilmeiers Zuwendung, so daß ich schnell zu dem Schluß komme, mir mit der Aufklärung Zeit zu lassen.

Es ist so, sagt Dr. Heilmeier, daß die Stadt Ihnen für das erste Jahr mietfrei geeignete Räume zur Verfügung stellt.

Oh, sage ich, vielen Dank.

Ich warte darauf, die Grundzüge meiner Schule darstellen zu können, aber Dr. Heilmeier läßt mich nicht zu Wort kommen.

Der nächste Schritt wird sein, Sie reichen mir eine Liste Ihrer Dozenten ins Amt und außerdem einen Entwurf Ihres Lehrplans.

Unbedingt, sage ich.

Am besten ist, wenn Sie mit Ihren Unterlagen nicht allzu lange warten. Ich werde Ihren Entwurf unverzüglich dem Kulturausschuß vorlegen, damit die Suche nach den Räumen in die Wege geleitet werden kann. Außerdem wäre ich Ihnen dankbar, wenn Sie mich über alle weiteren organisatorischen Schritte informieren würden.

Klar, sage ich.

Es hat den Anschein, daß meine erste Berührung mit dem Kulturamt hiermit beendet ist. Ich bin höflich und erhebe mich. Einige Augenblicke warte ich stehend, ob Dr. Heilmeier zu weiteren Merksätzen ausholt, das ist nicht der Fall. Ich reiche meine rechte Hand über den Schreibtisch, aber Dr. Heilmeier ist bereits in einen anderen Aktenordner vertieft und wartet ein wenig beleidigend darauf, daß ich gehe. Wie entsetzlich es wieder ist, wenn man genau das tun muß, was jemand von einem erwartet! Einige Augenblicke lang will ich die Schule der Besänftigung an der Wand des Kulturamtes zerschmettern. So schnell und elegant wie ich kann, verlasse ich das Büro und gehe den langen Gang entlang.

Obwohl ich mir momentweise als hereingeschneiter und jetzt wieder hinausschneiender Bittsteller vorkomme, betrete ich doch mit aufgehelltem Gemüt die Straße. Meine erste Präsentation im Kulturamt war ein Erfolg. Ich sehe eine junge Mutter mit Kind und Kinderwagen und weiß sofort: Mit diesen schönen Anblicken geht mein inneres Frohlocken weiter. Die Mutter trägt eine dünne Bluse mit vielen farbigen Blumenmustern. Die Frau lacht Autos und Häuser und Geschäfte und ihr Kind an, es ist unglaublich. Es ist die Formkraft der Glückserwartung, die Frauen schön macht. Das Kind hat die weiße Haut seiner Mutter, außerdem einen himmelblauen Luftballon, der in Kopfhöhe des Kindes am Kinderwagen befestigt ist. Sobald es die Schule der Besänftigung gibt, werde ich Vorlesungen über den Aufbau des Glücks in glücksfernen Umgebungen halten. Das ist mein Spezialgebiet. Wir müssen uns das Außerordentliche selber machen, sonst tritt es nicht in die Welt. Ich benutze (wie jetzt) ein kleines Anfangsglück (meine vielversprechende Präsentation) und spekuliere auf wohlgesonnene Folgeglücke. Das heißt, ich schaue schnell und gewandt und bedürftig umher, bis ich irgendein Bild sehe, an das sich mein Bedürfnis dranhängen kann. Viele offenkundig hilflose Menschen treiben in den Straßen umher, sie steigern mein Beiseite-stehen-Wollen und (darin) meine Glücksjagd. Und meistens (wie jetzt wieder) finde ich einen Sehepunkt für eine Anknüpfung. Ich komme an einem italienischen Terrassenrestaurant vorbei und sehe dort an einem Tisch eine dicke Frau und einen kleinen Jungen sitzen. Die beiden haben riesige Portionen Spaghetti vor sich stehen, reden miteinander und verschlingen dabei ihre Spaghetti.

Das heißt, im Augenblick, als ich weitergehen will, erhebt sich die Frau, nimmt ihre Handtasche und geht ins Lokal, vermutlich muß sie auf die Toilette. Auf ihrem jetzt leeren Platz sehe ich einen Löffel liegen. Ich sehe zweimal und dreimal hin. Die Frau war die ganze Zeit auf dem Löffel gesessen und hat es nicht bemerkt. Für das Aufessen der Spaghetti braucht sie den Löffel nicht, es genügt ihr die Gabel und das dichte Schweben ihres großen Mundes über dem Spaghettiberg. Ich drehe mein Gesicht zur Seite, niemand soll mein Kichern sehen oder hören. Ich habe immer gewußt: das Lächerliche wartet auf den Augenblick seiner Enthüllung. Der Junge blättert in einem Comic und achtet weder auf mich noch auf sonst etwas. Die Frau kehrt nach kurzer Zeit aus dem Lokal zurück. Jetzt wird sie den Löffel bemerken! Der Junge sieht die Frau freudig an und legt den Comic weg. Ich habe mich geirrt. Die Frau sieht an ihrem Sitzkissen vorbei und setzt sich erneut auf den Löffel. Jeden Augenblick wird sie, nehme ich an, etwas Undeutliches in der Nähe ihres Hinterns spüren, dann wird es an diesem Tisch etwas zu lachen geben. Ich irre mich erneut. Die Frau muß doch eine Beeinträchtigung fühlen oder wenigstens ein Unbehagen. Wahrscheinlich denke ich nur wieder zuviel, meine alte Unart. Die Frau fühlt keinerlei Unstimmigkeiten an ihrem Hintern. Sie ist längst wieder über ihre Spaghetti gebeugt und redet mit dem Kind. Der Junge ißt seine Spaghetti ordentlich mit Gabel *und* Löffel. Obwohl die Frau oft und aus nächster Nähe in den Teller des Kindes schaut, geht ihr nicht auf, daß ihr die Hälfte der Ausrüstung fehlt. Das Glück einer unvordenklichen Beobachtung steigt in mir auf und erwärmt meine Innenwelt. Das heimliche Leben ist das wahrere Leben. Zum ersten Mal überlege ich, ob ich mir für meine Glücksvorlesungen jetzt schon Notizen über beobachtete Glücke machen soll. Aber ich habe im Augenblick weder Papier noch einen

Stift bei mir. Viele Frauen tragen bunte Kleider und umarmen während des Gehens ihre Männer. Wieder fällt mir meine Mutter ein, die fast nur geblümte und tief ausgeschnittene Kleider trug, ihrem Mann aber untersagte, ihr während des Spazierengehens in den Ausschnitt zu schauen, was ich trotz meines kindlichen Alters als schwer verständliche Härte empfand. Nur mir gewährte Mutter fast schrankenlosen Zugang zu ihrem Busen. Abends, beim Fernsehen, wenn mir die Fadheit des Abends und die Fadheit des eigenen Mundes zu schaffen machte, durfte ich mich mit der Wange gegen ihren Busenansatz lehnen. Ich durfte sogar eine Hand auf ihren Busen legen und dabei einschlafen. Meine Mutter liebte Liebes-, Hochzeits-, Frühlings- und Urlaubsfilme. Am besten war, wenn die Liebe zwischen Mann und Frau während eines schönen Urlaubs einsetzte und dann, alles in *einem* Film, in wunderbarer Landschaft zur Hochzeit führte. Ich sah oft, wie meine Mutter beim Anblick von Liebesszenen lächelte. Ihre Zufriedenheit gefiel mir so gut, daß ich bald nicht mehr die Filme anschaute, sondern die sonnige Zufriedenheit meiner Mutter während des Filmesehens. Mit der Zeit jedoch erfaßte mich ein Argwohn gegen meine Mutter; sie ging, je älter ich wurde, allmählich dazu über, mich von ihrem Busen wegzudrücken. Ich hatte für diese neuen Verhältnisse keine Erklärung. Später, während des Philosophiestudiums, nannte ich das Lächeln der Mutter (mit Kant) das Naturschöne, das Fernsehen nannte ich (mit Hegel) den Schein des Wirklichen und das Gesäusel der Filmhelden nannte ich (mit Heidegger) das Gerede des Man. Das Hineinstellen der Wirklichkeit in die Ordnung der Wörter war ein neues Glück. Heute muß ich mich (sogar hier auf der Straße) wundern über meine damalige Schlichtheit. In dieser Zeit setzte die Vorstellung ein, ich selbst könnte ein philosophisches Werk verfassen. Es sollte *Zaudern und Übermut* heißen, Untertitel: *Phänomenologie des ...* dann wußte ich nicht weiter. Dabei bin ich nur, wie die meisten anderen auch, auf meine eigene Begeisterung hereingefallen. Ich weiß nicht, warum mir jetzt einfällt, daß ich mir eine neue Hose kaufen muß. Traudel hat mir wieder einmal gedroht, sie werde mich verlassen, wenn ich mich weiter so vernachlässige. Ich komme mir nicht vernachlässigt vor. In diesem Punkt ist eine Verständigung mit Traudel wahrscheinlich nicht möglich. Es ist an der Zeit, diese schmerzliche Schwierigkeit klar zu erkennen. Ich komme mir eher bedürfnislos vor – und sogar ausgesöhnt mit der Bedürfnislosigkeit. Der abendliche Blick aus dem Wohnzimmer zu meiner auf dem Balkon hängenden Hose gefällt mir sehr gut. Wobei es mir Probleme macht, genau zu sagen, *was* mir an diesem Blick gefällt. Es ist das Gefühl, das Vergehen der Zeit sei anschaulich geworden. Manchmal denke ich sogar, es handle sich um das Vergehen *meiner* Zeit. Dieser Gedanke ist vermutlich ein bißchen verrückt; deswegen traue ich mich nicht, ihn Traudel gegenüber auszusprechen. De facto habe ich, da meine Zweithose auf dem Balkon hängt, nur eine einzige Hose, die ich Tag für Tag trage. Aus Versehen denke ich anstelle des Wortes Zweithose das Wort Zeithose, worüber ich Glück empfinde. Ich und meine Zeithose! Tatsächlich habe ich schon, sozusagen im Schnelldurchlauf, die Hosenabteilungen zweier Kaufhäuser durcheilt. Ich wollte nicht lange überlegen, welche Farbe die Hose haben sollte, ob sie einen Reißverschluß haben sollte oder nicht, ob sie eher eng oder eher weit geschnitten sein sollte. Sondern ich wollte rasch in eine Hosenabteilung eindringen, ein oder zwei Hosen anprobieren, eine davon kaufen und schnell wieder verschwinden. Der Plan ließ sich nicht ausführen, ich weiß nicht warum. Es störten mich schon die hilfesuchenden Gesichter der Verkäuferinnen. Nirgendwo auf der Welt gibt es auf engem Raum so viele bedürftige Frauen. Deren armselige Gesichter auch noch von morgens bis abends überhell angestrahlt werden. Aber ich muß, um meinen guten Willen zu zeigen, heute abend mit wenigstens *einer* Neuanschaffung nach Hause kommen. Traudel verlangt von mir auch die Anschaffung einer neuen Mütze. Meine alte Mütze schaut nach wie vor ausreichend gut aus, aber ich muß Traudel willfahren. In einem dritten Kaufhaus fahre ich mit dem Fahrstuhl in den vierten Stock in die verloren erscheinende Mützenabteilung und habe dort einen befreienden und gleichzeitig bedrohlichen Einfall. Ich bin weit und breit der einzige Besucher der Mützenabteilung und vertausche meine alte Mütze gegen eine neue. Das heißt, ich setze mir eine neue Mütze auf und lege meine alte Mütze so in die Reihen der neuen Mützen, daß auch meine alte Mütze aussieht wie eine neue. Ich mache mir noch eine Weile im Mützengebiet zu schaffen, bis ich ganz sicher bin, daß mein Coup unbeobachtet geblieben ist. Da keine Verkäuferin erscheint, nehme ich an, daß ich mich ungeschoren davonmachen kann. Aber mein zu langer Aufenthalt in der Mützenabteilung war (ist) ein Fehler. Er nützt nicht meiner Sicherheit, sondern, im Gegenteil, der Entstehung meiner Unsicherheit. Plötzlich fürchte ich, daß die Leute vom Überwachungs- oder Erkennungsdienst anhand meiner alten, hier zurückgelassenen Mütze meine Identität feststellen können. Ich weiß nicht wie, aber der moderne Beobachterstaat lüftet auch derart lächerliche Geheimnisse. Wahrscheinlich warten die Sicherheitsleute nur darauf, daß ich mit der neuen, unbezahlten Mütze den Fahrstuhl betrete. Dann werden sie mir folgen und mich im Fahrstuhl festnehmen, weil ich dort nicht fliehen und außerdem bequem niedergerungen werden kann. Das Grauen senkt sich in mich hinein und steigt in mir gleich wieder hoch. Oder hebt es sich in mir empor und versinkt gleich wieder in meinem Körper? Es ist leider typisch für mich, daß ich mich in dieser unangenehmen Situation mit derart überflüssigen Fragen beschäftige. Ich gehe tatsächlich zurück an den Ort der Vertauschung, vergewissere mich, ob mir niemand zuschaut, nehme meine alte Mütze wieder an mich und lege die neue Mütze zurück an die alte Stelle. Unbehelligt erreiche ich den Fahrstuhl, fliehe durch die Parfüm-Abteilung im Erdgeschoß und trete befreit hinaus auf die Straße. Mein Haar hängt büschelweise und schweißnaß unter meiner Mütze hervor. Puppenartig starr, mit halb gelähmten, gerade wieder in Schwung kommenden Gliedern entferne ich mich von dem Kaufhaus. Ich wage nicht, mich umzudrehen. Ich bin nicht völlig sicher, daß mir die Sicherheitsleute des Kaufhauses nicht doch folgen. In einem Meer ichfremder Augenblicke drohe ich unterzugehen. Ich schäme mich und warte darauf, daß ich sofort sterbe. Im Kern meiner Scham haust die spürbare Verkleinerung meines Lebens. Ich schrumpfe innerlich auf die Kindergröße einer verkohlten Leiche. Ich kenne meine Scham und weiß seit langer Zeit, daß sie immer eine Anspielung auf meinen Tod ist. Wenn ich mich genug geschämt habe, werde ich befreit sterben dürfen. Dieser Augenblick scheint mir jetzt gekommen. Obwohl ich gehe, zerfalle ich. Körperteile fallen von mir ab, ich sehe sie zurückbleiben, während ich gehe. Ich bin gespannt, wie lange ich mich auf den Beinen halten kann. Heimlich schaue ich mich schon nach einem Krankenwagen um. Als Zeichen meiner Angst stoße ich einen nur mir verständlichen Rachenlaut aus. Wenn ich jemals von dieser Geschichte sprechen werde, werde ich das Wichtigste wieder verheimlichen müssen: daß ich das Leben nicht ausreichend verstehe. Dann rettet mich der Anblick eines kauenden Kindes. Es ist ein etwa zehnjähriger Junge, der auf einem Betonkübel sitzt und eine Brezel vertilgt. Essende Kinder haben mich immer beruhigt. Der Junge gibt mir mit ein paar Blikken einen Befehl: Kaufe dir ebenfalls etwas zu essen und setze deinen Körper wieder zusammen. Ich führe den Befehl sofort aus und betrete eine Bäckerei. Ein Sesambrötchen bitte, sage ich. Eine barmherzige Verkäuferin steckt ein Sesambrötchen in eine Tüte und reicht es mir über die Theke. Schon in diesen Augenblicken spüre ich ein Nachlassen des Drucks. Noch in der Bäckerei hole ich das Brötchen aus der Tüte und fange an zu essen. Die Rückkehr der guten Gefühle setzt ein. Ich kann erkennen, daß es weit und breit keinen Sicherheitsdienst gibt und daß ich nicht festgenommen werde. Ich frage mich, warum liefert unser Warmwasserboiler zu Hause im Badezimmer zuweilen erst nach dem dritten Versuch warmes Wasser, manchmal aber schon nach dem ersten Versuch? Ich bin beglückt über die abgründige Banalität der Frage. Sie hätte zu keinem günstigeren Zeitpunkt eintreffen können. Zum Dank schicke ich eine zweite Frage hinterher: Warum beharrt unser Warmwasserboiler trotz mehrerer (und teurer) Reparaturen auf seiner unverständlichen Launenhaftigkeit? Die Fragen helfen mir, die Angst vor dem Sicherheitsdienst weiter abzudrängen. Dieselbe Aufgabe erfüllen drei Mädchen, die mit ihren Gesichtern so nahe an die Schaufensterscheibe eines Juweliergeschäftes herangehen, daß die Scheibe mit ihrem Atem beschlägt. Die Mädchen gehen weiter, der Abdruck ihres Ausatmens bleibt in Form dreier grauer Flecke auf der Scheibe zurück. Wenig später tritt eine elegante Verkäuferin aus dem Juweliergeschäft heraus und wischt die Flecken mit einem Lappen weg. Ich bin völlig sicher, daß ich soeben Kontakt mit meiner Verrücktheit hatte. Sie hat sich momentweise als Sicherheitsdienst maskiert und mich mit meiner Festnahme geängstigt. Ich vermute, daß ich ein wenig krank bin, aber ich weiß nicht, *wo* ich meine Störung suchen soll. Ich rede nicht über meine vermutliche Erkrankung, auch nicht mit Traudel. Es hat keinen Sinn, über Krankheiten zu sprechen. Man ist mit ihnen allein und man bleibt mit ihnen allein. Zu meinen wichtigsten Lebenserfahrungen – scheußlich, schon jetzt habe ich Lebenserfahrungen! Aber zu meinen wichtigsten Lebenserfahrungen gehört, daß sich fast alle Sorgen, die ich mir irgendwann einmal gemacht habe, früher oder später als überflüssig oder gegenstandslos entpuppt haben. Ich fühle mich dadurch vom Leben gefoppt. Eine Zeitlang habe ich versucht, neu eintreffenden Sorgen meine Lebenserfahrung entgegenzuschleudern: Haut ab, ordinäres Gelumpe, ich weiß, daß ihr unnütz seid! Es hat nicht geklappt beziehungsweise mein Schimpfen war zwecklos. Ich mußte mich weiter sorgen, ob ich wollte oder nicht. Nicht weit von hier befindet sich ein kleines Uhrengeschäft, das gerade Pleite macht. Auf die schmale Schaufensterscheibe sind mit knallweißer Farbe die Worte aufgesprüht: GESCHÄFTSAUFGABE! 50% NACHLASS! Ich weiß nicht, warum ich für alles, was scheitert oder im Niedergang begriffen ist, Sympathie empfinde. Ich hoffe, es ist kein schlechtes Zeichen. Wahrscheinlich steckt hinter meiner Sympathie eine verhüllte Liebe zu meinem eigenen Scheitern, die sich nicht offen zu zeigen wagt. Ich bin so erleichtert, daß die Verrücktheit mich wieder verlassen hat, daß ich mir aus Dankbarkeit eine neue Uhr kaufen könnte. Es gibt hier noch Fixoflex-Armbänder, wie sie im abgelaufenen Jahrhundert häufig getragen wurden; sie erzeugen am Handgelenk zartgrüne Ränder. Es sieht aus, als würde unterhalb des Armbands bald Moos wachsen. Der Uhrenhändler ist alt und hat seinen Laden in den letzten beiden Jahren stark vernachlässigt. In den letzten Wochen stellte er sogar sein Fahrrad in den engen Verkaufsraum und wunderte sich, daß überhaupt niemand mehr seinen Laden betrat. Aber ich brauche weder eine neue Mütze noch eine neue Uhr, und solange Traudel nicht sagt, daß ich eine neue

Uhr benötige, werde ich mir auch keine anschaffen. Mein Sesambrötchen ist aufgegessen. Ich habe nicht die geringste Lust, ins Büro zurückzufahren. Schon kurz nach der Mittagspause interessiert mich gewöhnlich kaum noch etwas. Schon überlege ich, was ich sagen könnte, falls mich Frau Weiss fragt, was ich in der Mittagspause gemacht habe. Mir wird keine Ausrede einfallen, die Frau Weiss verstummen läßt, das weiß ich jetzt schon. Ich werde vielsagend lächeln und schweigen, so daß Frau Weiss vermutlich denken wird, ich hätte mich mit einer anderen Frau getroffen. Einmal hat sie tatsächlich gesagt: Geben Sie zu, Sie haben eine neue Flamme! Ich habe gelächelt beziehungsweise etwas blöde gegrinst. Schon dieses Wort! Eine neue Flamme! Es ist schmerzlich, das alles ertragen zu müssen. Und falls Frau Weiss fortfährt, törichte Bemerkungen zu machen, werde ich mir zuflüstern: Beruhige dich, du befindest dich in der wohltätigen Dummheit des geläufigen Lebens. Ich denke diesen Satz nur, um wenigstens meine Innenwelt zu beschwichtigen. Gleichwohl wird mich auch diese Beruhigung nicht beruhigen, das weiß ich jetzt schon. Man kann noch so gemeine und niederträchtige Sätze denken, sie richten nichts mehr aus. Da kommt meine Straßenbahn.

SIEBEN

Der Chef sagte, ich soll beim Amtsgericht einen Zahlungsbefehl beantragen. Adressiert an Herrn Pfetsch, den Chef und Inhaber des Hotels Transit am Südbahnhof. Das Hotel ist mit der Bezahlung von drei, eigentlich schon fast vier Monatsabrechnungen im Rückstand, und Herr Pfetsch hat auf drei Mahnungen nicht reagiert. Trotzdem habe ich von einem Zahlungsbefehl abgeraten.

Stellen Sie sich vor, sagte ich zu Eigendorff, der Mann ist gerade in der Bredouille, aber er kann sein Hotel gerade eben noch über die Runden bringen, weil er Grund hat, auf bessere Tage zu hoffen. Und dann kommt so ein Zahlungsbefehl ins Haus, und der bringt die Balance tatsächlich zum Kippen.

Es ist erstaunlich, wie Sie sich in unsere Schuldner einfühlen, sagte Eigendorff.

Ich will nur verhindern, daß das Hotel dichtgemacht wird. Dann kriegen wir gar nichts mehr!

Und was sollen wir tun?

Ich werde mal hinfahren und das Hotel ... äh ... in Augenschein nehmen, sagte ich.

Davon kriegen wir auch kein Geld, sagte der Chef.

Das muß man abwarten, sagte ich.

Als Beispiel für den Erfolg von weichen Lösungen erzählte ich ihm, wie ich einmal in der Schule den Sprung in die Obertertia nicht geschafft hätte, wenn nicht eines Tages meine Mutter den Lateinlehrer dazu gebracht hätte, mir in

Latein nicht wie geplant eine Fünf, sondern eine Vier zu geben. Dadurch bin ich gerade noch so in die nächsthöhere Klasse gerutscht. Ausgerechnet meine mausgraue Mutter hat meinen ebenso mausgrauen Lateinlehrer becirct! Das war mir eine Lehre, sagte ich.

Dann besuchen Sie meinetwegen den mausgrauen Herrn Pfetsch, sagte Eigendorff.

Vielleicht macht er uns einen Ratenvorschlag, dann hätten wir immerhin eine Perspektive.

Darauf sagte der Chef nichts mehr. Beziehungsweise er schwieg zwei Minuten, dann sagte er: Fahren Sie hin und versuchen Sie Ihr Glück.

Das Hotel Transit ist ein siebenstöckiger, schmuckloser Bau am Südbahnhof. Das Haus macht einen nicht unbedingt gepflegten, aber auch keinen heruntergekommenen Eindruck. Ich schaue mir den Betrieb eine Weile von außen an. Die Fenster der meisten Zimmer sind geöffnet. Es ist halb zwölf, die überwiegende Zahl der Hotelgäste ist abgereist, die Zimmer werden gerade gesäubert, die Badezimmer gereinigt und die Betten frisch bezogen. Das hoffe ich jedenfalls. Hinter der Rezeption steht ein Mann mit einer gewissen, tatsächlich mausgrauen Ausstrahlung. Ich kenne ihn nicht, wahrscheinlich einer der beiden Eigentümer. Nach einer Weile verlassen drei jüngere Männer mit Rollkoffern das Haus. Es sind die üblichen Manager, die sich ähneln wie ein Ei dem anderen. Sie kennen sich offenbar, sie lachen miteinander und gehen eine kurze Strecke gemeinsam. Ich warte noch eine Weile, dann betrete ich das Hotel. Der Vorraum macht einen einladenden Eindruck, im Augenblick checkt niemand aus. Links arbeitet eine unauffällige Frau.

Mein Name ist Warlich, sage ich und füge meinen Spruch hinzu.

Was kann ich für Sie tun? fragt der Mann.

Spreche ich mit Herrn Pfetsch?

Das schon, sagt der Mann, aber es gibt hier zwei Herren mit dem Namen Pfetsch.

Ach so, mache ich und schaue auf den Briefkopf unserer letzten Mahnung, die ich mitgenommen habe. Während ich das Papier ausfalte, sagt der Mann hinter der Rezeption:

Es ist so, bis vor kurzem haben hier zwei Herren Pfetsch gearbeitet, Hermann und Ulrich. Mein Name ist Hermann Pfetsch, der andere ist mein Bruder, der nicht mehr im Betrieb ist.

Ich wollte Herrn Ulrich Pfetsch sprechen, sage ich.

Das ist, wie gesagt, mein Bruder, der hier nicht mehr ... äh ... anwesend ist; darf ich fragen, worum es geht?

Ich erkläre mein Anliegen.

O Gott, sagt Herr Hermann Pfetsch, das ist ein Stich ins Wespennest. Darf ich die Mahnungen sehen, davon weiß ich noch gar nichts ... hört denn das nie auf ... ja, also ... es tut mir leid ... ich muß Ihnen ein Geständnis machen ... darf ich Ihnen einen Kaffee anbieten?

Herr Pfetsch führt mich in einen Nebenraum und ruft einer Mitarbeiterin zu, sie möge zwei Tassen Kaffee bringen. Ich reiche Herrn Pfetsch die Kopien unserer Mahnungen. Er blättert sie durch und stöhnt dann auf:

Davon habe ich bis jetzt nichts gewußt, es tut mir leid. Ich muß mich entschuldigen, verzeihen Sie bitte, die Rechnungen werden so schnell wie möglich beglichen.

Ich schaue ihn vermutlich ein wenig verwundert an; dann sagt er:

Es ist so, daß dieses Hotel bis vor kurzem von meinem Bruder und mir geleitet wurde. Diese Konstruktion hat, wie ich erst seit zwei Monaten weiß, zum Beinahe-Bankrott des Hauses geführt. Mein Bruder war für die Wirtschaftsführung verantwortlich, ich für die Organisation, Werbung, Personal. Ich mache es kurz: Mein Bruder hat viele Rechnungen einfach weggeschmissen. Außerdem hat er immer wieder in die Kasse gegriffen. Vermutlich hat er auch Ihre Rechnungen weggeschmissen. Zum Glück ist Ihre Wäscherei, wenn ich so sagen darf, ein nicht allzu schwerer Fall, ich meine für uns.

Pfetsch lacht knapp und bitter. Eine Angestellte tritt in den Nebenraum und stellt den Kaffee vor uns ab.

Ich will mich in aller Form bei Ihnen entschuldigen, sagt Pfetsch. Natürlich werden Ihre Rechnungen bezahlt, wenn auch leider nicht sofort.

Nicht sofort? frage ich.

Das geht leider nicht. Ich muß die Zimmermädchen bezahlen, sonst laufen sie mir davon, sagt Pfetsch. Außerdem den Hausmeister und die Lichtrechnungen, sonst machen sie uns das Haus dicht.

Können Sie nicht wenigstens *eine* Rechnung bezahlen?

Wir stehen mit dem Gesicht zur Wand, sagt Pfetsch. Ich bitte Sie um Nachsicht. Gott sei Dank ist das Hotel selber nicht angeschlagen. Der Betrieb läuft gut, das sehen Sie ja. Soll ich Ihnen eine Schuldenanerkenntnis tippen lassen? Oder wollen Sie eine Ratenvereinbarung? Aber ich vermute mal, das wird nicht nötig sein. Ihre Rechnungen sind bis in etwa drei Monaten bezahlt. Ich bitte Sie, uns bis dahin noch Kredit zu geben.

Ich trinke meine Tasse halb leer und starre flach über den Tisch.

Ich weiß, sagt Pfetsch, das ist für Sie im Moment nicht befriedigend, aber Sie können sich auf mich verlassen.

Danach sagt Pfetsch nichts mehr. Er muß weiterarbeiten, er wartet darauf, daß ich aufstehe und gehe. Während ich mein Schweigen aushalte, verwandeln sich meine Gefühle. Natürlich hatte ich mir vorgestellt, daß Pfetsch eine ansehn-

liche A-Conto-Zahlung leistet. Pfetsch erkennt meine Enttäuschung und sagt:
Soll ich unsere Vereinbarung schriftlich fixieren lassen?
Es wäre gut, wenn ich jetzt ja sagen würde, dann hätte ich gegenüber Eigendorff eine Erfolgsmeldung in der Hand. Statt dessen sage ich:
Nein, danke, das ist nicht nötig.
Danach stehe ich auf und sammle meine Kopien ein. Weil ich nicht weiß, was ich jetzt machen soll, wird der Tag formlos. Ich befinde mich in einem schwer bestimmbaren Zustand und habe gleichzeitig keine Lust, meinen Zustand innerlich zu beschreiben. Du redest zuviel, halte ich mir vor, du hörst zuviel zu, du trinkst zuviel Kaffee, du sitzt zu lange in fremden Zimmern, du schläfst zu schlecht, du bist zu lange wach, du denkst zuviel flaches Zeug, du hoffst zuviel, du tröstest dich zu oft.
Ich gehe aus dem Hotel und schaue die Leute an, die hier herumlaufen. Es ist, als wäre ich von schwer erträglichen Verwandten umgeben, denen ich mich trotzdem verbunden fühle. Der Wind treibt Blütenblätter auf die Bürgersteige. Elstern und Krähen hüpfen über die leeren Straßen. Ich bin von einer Vielzahl von Geräuschen eingehüllt, aber *ein* Geräusch stört mich besonders, das Rollern der Rollkoffer. Ich fühle einen Widerstand gegen das, was alle tun, und kann nicht angeben, was das ist, was alle tun. Zwei Enten drehen ihren Kopf nach hinten, versenken den Kopf in der Mitte ihrer Flügel. Eine der Enten öffnet ein Auge und schaut, ob … ja, ob was? Ich verstehe nicht, warum ich mich plötzlich heimatlos fühle. Ich nehme an, den Menschen um mich herum ergeht es ähnlich wie mir. Es ist, als sei das Schweigen von fremden, über den Menschen herrschenden Mächten *vereinbart*. Ich weiß, das ist Unfug, aber der Unfug beeindruckt mich. Es ist ein Kennzeichen wirklicher Seelenscheu,

wenn die Menschen über das Leben, das sie führen, nichts mehr sagen wollen, obwohl ihnen das Herz überfließt. Wo soll ich denn hin? Nicht weit von hier wird ein häßliches altes Haus mit der Abrißbirne abgeräumt. Merkwürdig erscheint mir, daß das Haus überhaupt jemals gebaut worden ist. Schon beim Bau hätte jedermann sehen müssen, wie scheußlich das Haus ist und daß es wegen dieser Scheußlichkeit eines Tages wieder verschwinden wird. Ich nähere mich dem Abrißbagger und schaue zusammen mit einigen Rentnern und Kindern den Arbeiten zu. Es sind festliche Augenblicke, wenn die Abrißbirne gegen blank dastehende Zimmerwände schlägt, bis diese zuerst bröckeln und dann in sich zusammensinken. Eine ältere Blumenfrau kommt vorbei und will Rosen verkaufen, aber sie hat kein Glück. Die Frau geht weiter, ich schaue ihr nach und erinnere mich an meine tote Mutter. Als sie ungefähr so alt war wie die Blumenfrau, verkaufte sie Eier an die Hausfrauen der Nachbarschaft. Einmal in der Woche brachte ein Bauer aus dem Odenwald einen Karton mit frischen Eiern vorbei. Es war mir als Kind nicht recht, daß fremde Leute meine Mutter die Eierfrau nannten. Nach einiger Zeit nannte sie sich sogar selbst Eierfrau, was ich nicht verstand. Außer Eiern verkaufte sie später auch Bienenhonig und Bauernbrot. Das Geld, das sie dabei verdiente, schenkte sie mir. Ihre Großzügigkeit hinderte mich, gegen das Wort Eierfrau zu protestieren. Ich war nicht nur gegen das Wort Eierfrau, ich war auch dagegen, daß sie überhaupt Eier verkaufte. Noch sonntagnachmittags im Kino, das ich nur mit Hilfe des von meiner Mutter verdienten Geldes besuchen konnte, war ich im Dunkeln so sehr gegen den Eierhandel meiner Mutter eingestellt, daß ich den Filmen kaum folgen konnte.

Seit dem Mißerfolg im Hotel Transit erfüllt mich zunehmende Müdigkeit. Eine kleine Erleuchtung sollte mir jetzt aufhelfen, aber es ist nichts dergleichen in Sicht. Im Gegenteil, ich gehe in Richtung Innenstadt und sehe seltsam verlorene und in ihrem Elend starrsinnig gewordene Menschen, schamhafte Flaschensammler, niedergekauerte Alkoholiker, umherschweifende Jungfaschisten, gehetzte Prospektverteiler, traurig blickende Pförtner. Ich möchte gute, aufstrebende, meinetwegen einfältige Menschen anschauen, um von meiner inneren Überempfindlichkeit loszukommen. Statt dessen erblicke ich diese angeschlagenen Untergeher, die meine Empfindlichkeit nur aufreizen. Manchmal (jetzt gerade wieder) stelle ich mir vor, ich würde an einer plötzlich hereinbrechenden Überempfindlichkeit sogar sterben. Ein Notarzt würde herbeieilen und könnte nur noch meinen Tod feststellen. Als Todesursache würde er in den Totenschein eintragen: Überempfindlichkeit. Auf diese Todesursache wäre ich sogar als Toter noch stolz. Traudel würde in der Lokalzeitung eine Todesanzeige aufgeben, deren erster Satz lauten würde: Nach langjährig ertragener Überempfindlichkeit starb plötzlich und unerwartet mein Geliebter ... In der Ferne wird der Opernplatz sichtbar, und ich erkenne eine große Zahl Polizeiautos und in Gruppen herumstehende Polizisten. Mir ist nicht klar, warum ich bis heute durch den Anblick von Polizei so tief erschrecke wie früher nur am Tag der Zeugnisausgabe in der Schule. Dabei weiß ich, daß sich die Überpräsenz der Polizei nicht auf mich bezieht, sondern auf vier Großereignisse, die heute in die Stadt eindringen und ihre Zuckungen vorauswerfen: In den Messehallen sammelt sich der Evangelische Kirchentag, im Waldstadion spielt die Frankfurter Eintracht gegen Bayern München, in der Festhalle poltern die Rolling Stones und durch die Straßen stiefelt der Schwarze Block. Sonnige Jungchristen, angetrunkene Fußball-Debile und abstoßende Anarchisten laufen mit gesteigerter Fremdheit aneinander vorbei. Immer mal wieder sieht es so aus, als würde es zwischen den Anhängern der verschiedenen Ereignisse zu Zusammenstößen kommen, aber es sieht nur so aus. Die Polizei wendet (bis jetzt) keine eigene Gewalt an, sondern dämmt vorhandene Gewaltlust zurück. Dadurch wird die Stadt beißend bedrohlich und gleichzeitig duldsam. Traudel und ich haben in der vergangenen Nacht nach längerer Zeit wieder einmal miteinander geschlafen. Tatsächlich löst die Körperlichkeit meines Geschlechts bei mir immer noch Befremden aus. Ich kann kaum hinnehmen, daß ausgerechnet dieses Organ derartig sonderlich ausschaut. Besonders unangenehm ist mir, wenn ich frühmorgens mit einer Erektion aufwache. Weil diese Erektionen zwar an mir und mit mir, aber ohne mein Zutun und ohne meine Absicht und ohne mein Wissen geschehen, nenne ich sie die Ohne-mich-Erektionen. Traudel verschweige ich meine Vorbehalte. Sie denkt nach wie vor, jede einzelne Erektion gelte ihr und nur ihr. Das heißt, in jüngerer Zeit verdächtigt sie mich, daß ich eigentlich nur noch ihren Busen anschauen wolle. Genaugenommen verstehe ich diesen Vorwurf nicht. Traudel tut ein bißchen so, als sei es zu dürftig, daß sich ein Mann immer wieder und immer noch für die Brüste seiner Gefährtin begeistert. Ohnehin habe ich oft den Eindruck, viele Frauen wissen nicht wirklich, was sie da in doppelter Ausfertigung Tag für Tag mit sich herumtragen. Die tägliche Wiederkehr der körperlichen Tatsachen (das ist *meine* Vermutung) hat bei diesen Frauen unmerklich zu einer Geringschätzung ihrer Brust geführt. Ich bilde mir ein, daß ich schon als Säugling die Brust meiner Mutter mehr schätzte als meine Mutter selber. Meine Mutter hatte eine unangenehm keifende Stimme, die ich sofort vergessen konnte, sobald ich an ihrem Busen lag. Ich war ungefähr zwei Jahre alt, als für mich feststand: Durch die Brust der Frau tritt die Sanftheit in die Welt. Daran glaube ich bis heute. Am Ende langer zerknirschter Tage freue ich mich immer noch darauf, am Abend oder in der Nacht an Traudels Busen zur Ruhe zu kommen. Ich würde Traudel das gerne einmal sagen, aber ich fürchte, sie würde mir nicht glauben. Es ärgert mich (auch jetzt wieder), daß ich nur aus Einfühlung in Traudels Mißtrauen nicht über ein Behagen spreche, das ich doch allein ihr verdanke. Gerade dann, wenn Traudels Busen flach und irgendwie fast uferlos daliegt, entzückt er mich derart, daß ich plötzlich denke: Du bist wieder zwei Jahre alt und die Brust ist dein himmlischer Sandkasten. Ich habe Traudel gesagt, daß ein Mann einen Frauenbusen ohne das dazugehörige Frauengesicht gar nicht schätzen kann. Der Blick des Mannes wandert vom Busen zum Gesicht und wieder zurück zum Busen und dann wieder hoch zum Gesicht – und immer so weiter. Traudel war, glaube ich, von meiner Erklärung beeindruckt, aber ich sah, daß sie mir nicht völlig glaubte. Dieser Rest von Unglaube, sagte ich, gehört zur Sexualität wie die Geschlechtsteile selber. Diese nicht verschwindende Unwissenheit führt dazu, daß man es immer wieder wissen will. Vorige Nacht drehte Traudel ihren Körper im Halbschlaf zu mir und legte wie ein Kind ein Bein und einen Arm um mich, ohne ganz aufzuwachen. Ich legte meine rechte Hand flach auf Traudels rechte Brust. Traudel stöhnte und wachte allmählich auf. Mit diesen traumartigen Berührungen ist vermutlich kein besonderes Verlangen mehr gemeint; die Körper drücken durch sie nur ihre Erwartung aus, daß wir nach wie vor immer noch etwas voneinander erhoffen dürfen. Das ist vielleicht doch etwas Besonderes, und insofern nehme ich meinen vorigen Gedanken wieder zurück. Obwohl ich durch Traudels Halbumklammerung (unter der Bettdecke) ins Schwitzen geriet, hielt ich still und freute mich über Traudels instinkthafte Anlehnung. Ich kann nicht ausdrücken, im Dunkeln schon gar nicht, wie sehr mir diese halb betäubte

Körperlichkeit gefällt. Dann merkte ich, daß Traudels linke Hand zu meinem Geschlecht drängte. Nach weniger als einer Minute steckten wir ineinander. Wir schluchzten zusammen wie zwei alternde Nachtigallen. Ich schob meine Arme unter Traudels Rücken hindurch und zog ihren Körper so fest an mich, wie ich nur konnte. Kurz danach heulten wir und vögelten oder wir vögelten und heulten dazu und kurz danach kicherten wir auch noch, weil alles so unglaublich war und unser Glücksgefühl besonders. Obwohl sie abschreckend wirken sollen, ziehen mich die Polizeipferde an. Die meisten Leute vom Schwarzen Block sind tatsächlich schwarz gekleidet. Das heißt sie tragen schwarze Lederjacken und schwarze Stiefel und schwarze T-Shirts. Sie haben schwarz gefärbtes Haar, die Frauen auch schwarze Lippen und schwarz ausgemalte Augenhöhlen. Einige schwenken schwarze Fahnen in der linken Hand, in der rechten offene Bierflaschen. Jemand schreit herum, niemand hört ihn. Die Anarchisten sind mit Umhergehen beschäftigt. Auch scheinen sich die meisten untereinander nicht zu kennen. Ein ganz junger Anarchist, ein halbes Kind noch, reißt die Folienverpackung von einem Stück Käse herunter und fängt an, Käse zu essen. Im Inneren der Zusammenrottung steht eine Art Pritschenwagen, auf dem eine riesige Musikanlage aufmontiert ist. Ein älterer Mann in Armeehose und Unterhemd ist für die Bedienung der Anlage zuständig. Er ist über den Regler gebeugt und hat die richtige Lautstärke noch nicht gefunden. Es ertönt Punkrock, der die Leute in gute Laune versetzt. Ich fühle in mir meinen alten Vorbehalt gegen die Jugend: Man muß ihr nur die passende Musik vorspielen, schon ist sie begeistert. Ich selbst glaube nicht mehr an die Veränderbarkeit irgendwelcher Verhältnisse. Dafür dauert das, was hätte verändert werden müssen, schon zu lange an. Trotzdem haben meine Wünsche ihre Nichterfüllung überlebt. Eine Bierflasche geht zu Bruch. Viele halten das Geräusch für das Zeichen des Losbrechens. Aber es war nur eine Bierflasche. Durch die Lautstärke der Musik entsteht in mir das Gefühl, nicht weit von hier lauere eine Drohung. Die Polizisten verharren hinter ihren Wasserwerfern und Einsatzwagen. Oder sie sitzen etwas entfernt auf Caféstühlen und warten. Ich empfinde die Lächerlichkeit, im Angesicht der Polizei ein geduldeter Anarchist zu sein. Ein Polizist ißt eine Brezel und beobachtet den Mann auf dem Pritschenwagen, der seine Musikanlage verläßt und ein Café aufsucht. In einiger Entfernung von den Lautsprechern lasse ich mich auf einem Bordstein nieder. Ich beobachte eine Ameise, die den Bordstein in Richtung Straße verläßt und in vollkommener Ahnungslosigkeit die Fahrbahn überquert. Wahrscheinlich ist die Ameise einer der Gründe, warum ich mich plötzlich wohl fühle.

Es ergreift mich die Gewißheit, wenigstens vorübergehend für niemanden erreichbar zu sein. Ein Glücksgefühl überwältigt mich und füllt mir für drei Sekunden ein Auge mit einer kleinen Träne. Sie ist eine metaphysische Bestätigung dafür, daß es richtig ist, sich nach der Mittagspause für fast nichts mehr zu interessieren. Dann und wann taucht Traudel in meiner Innenwelt auf und löst kein Befremden aus. Unruhe entsteht, als eine Großgruppe von Fußballanhängern das Lagergebiet der Anarchisten durchkreuzt. Die Fußballanhänger grölen und heben die Faust, was die Anarchisten aufreizt. Schon umfassen die Polizisten ihre Schlagstöcke und führen Handys zum Mund, aber dann geschieht nichts. Früher habe ich mich geängstigt, wenn ich in Bahnhöfen und Unterführungen das Gebrüll von Fußballfans hörte. Heute weiß ich, daß es sich um das Geschrei von Eingesperrten handelt, die den Widerhall ihrer Gefangenschaft hören wollen. Die Anschmiegung des Zwangs an das Leben geht so zärtlich vor sich, daß weder die Fußballanhänger noch die Anarchisten von dieser Anschmiegung etwas bemerken. Die Fußballfans drängeln auf diverse Rolltreppen und verschwinden in den Tiefgeschossen einiger Kaufhäuser. Die Polizeihunde kämpfen mit den Drahtboxen an ihrem Kopf. Sie schütteln immer wieder ihre Körper, um die Beklemmung am Maul loszuwerden. Einer der Hunde steht in der Nähe eines Café-Stuhls und schlägt mit seinem Schwanzstummel gegen ein Stuhlbein.

Nicht weit von mir bauen ein paar junge Leute eine weitere Musikanlage auf. Wenn die Jugendlichen wüßten, daß ich ihre Musik nicht schätze, würden sie mich vielleicht nicht so freundlich dulden. So aber sitze ich friedlich am Straßenrand und gehöre schon fast zu ihnen. Ich beneide die Anarchisten in gewisser Weise, weil sie ihre Unzugehörigkeit darstellen können. Meine Unzugehörigkeit war immer ganz innerlich und verweigerte jede Darstellung. Vielleicht deswegen erzähle ich im Büro manchmal halb erfundene Schreckensgeschichten. Frau Weiss habe ich erzählt, wie meine Mutter als ganz junges Mädchen während der Bombardements durch die Stadt lief und in ihrer Nähe eine Giftgasbombe niederging und meine Mutter um ein Haar ums Leben gekommen wäre. Es gelang ihr, eine Haustür einzudrücken und die Tür hinter sich zu schließen, so daß das Gas nicht in das Haus eindringen konnte. Plötzlich versagte sich mir die Stimme, und ich war sekundenschnell dem Weinen nahe. Eigenartig, sagte ich und vergaß meine kleine Erzählung. Nein, das stimmt nicht ganz. Es stieg mir eine halbe falsche Träne (meine Geschichte war erfunden) ins Auge, die Frau Weiss erschütterte. Ich ging zu meinem Schreibtisch zurück, schämte mich wegen meiner unnötigen Fälschung, und dann geschah das Unerwartete: Es kam mir eine echte Träne wegen der falschen. Gott sei Dank mußte ich nicht über sie sprechen. Wahrscheinlich handelte es sich um den Versuch einer Selbstbeweinung. Ich fühlte mich schwach und verwirrt. Mit geringer Energie fragte ich mich, warum ich manchmal angeberische Geschichten erfand und sie auch noch erzählte. Zum Glück trat etwa eine halbe Stunde lang kein Kollege an meinen Schreibtisch.

Eine dickliche Anarchistin mit weißer Haut und schönen Augenbrauen erinnert mich an meine *wirkliche* Mutter. Die Anarchistin trägt einen Plastikbecher in der Hand, auf dem das Wort Buttermilch steht. Auch meine Mutter nahm oft Buttermilch zu sich. Als junger Mann habe ich geglaubt, sie wolle dadurch verhindern, daß sie ihre weiße Haut verliert. In der ganzen Stadt wimmelt es von Erinnerungen an meine tote Mutter. Dieser Tage kam ich an einem billigen Textilmarkt vorbei. Auf einer Kleiderstange flatterten rosarote, halb durchsichtige Nachthemden, von denen auch meine Mutter einige hatte. Zuerst schimpfte ich eine Weile vor mich hin: Hören denn die deutschen Hausfrauen nie damit auf, sich diese entsetzlichen Nachthemden überzuwerfen? Plötzlich durchfuhr mich ein wohliger Schauer, weil für ein paar Sekunden meine Mutter wiederauferstanden war, wenn auch nur als Nachthemd.

Ich leide jetzt kaum noch darunter, daß mich der säumige Hotelier ohne A-Conto-Zahlung weggeschickt hat. Das Gefühl des Versagens (wenn es ein Versagen war) löst sich mehr und mehr auf und wird ein Teil des sich gestaltlos auftürmenden Nachmittags. In sichelartig auseinandergezogenen Formationen fliegen Hunderte von Staren in die umliegenden Bäume ein und fiepen und quietschen in einem fort. Sie sind vermutlich aufgeregt, weil sie sich für ihren Abflug nach irgendwohin in Stimmung bringen. Das Nachmittagslicht wird blaßrosa, untermischt von den mattgelben Strahlen der jetzt schwächlichen Sonne. Eine Anarchistin kratzt einen

Anarchisten am Rücken. Ich habe das Empfinden, daß *diese* Stunde so, wie sie jetzt ist, schön ist und von niemandem schöner gemacht werden kann. Ein Teil der Stare verläßt die Bäume und fliegt weiter in andere Stadtteile. In diesen Augenblicken überquert mein ehemaliger Studienkollege (Dr.) Gerd Angermann den Opernplatz und kommt auf mich zu. Er sieht ein bißchen nackt aus wie jemand, der gerade seine Brille verloren hat.

Störe ich?

Nicht im geringsten, sage ich.

Du siehst so besinnlich aus, sagt er und setzt sich neben mich auf den Bordstein.

Das bin ich auch, antworte ich, obwohl ich gleichzeitig mit ernsten Fragen beschäftigt bin.

Zum Beispiel?

Ich erkläre, daß die Stadtverwaltung mich unterstützt und ich prüfen muß, ob der Schulbetrieb im Frühjahr oder im Herbst des nächsten Jahres anfangen soll.

Klasse, sagt Angermann.

Und ich überlege, ob du nicht doch Lust hast, als Dozent bei mir anzufangen.

Dazu bin ich nicht qualifiziert, sagt Angermann.

Erinnerst du dich an eine Vorlesung über das Ende des Subjekts in der Moderne, die wir zusammen besucht haben?

Natürlich, sagt Angermann.

Der Professor hat fast eine Stunde lang darüber geredet, daß das Ich zu Ende erklärt ist, ebenfalls seine gesellschaftliche Strangulierung durch Arbeit, Fortpflanzung, Krankheit, Tod. Plötzlich hast du dich zu mir herübergebeugt und hast ungefähr gesagt: Der Professor vergißt, daß es auch das Zurückschrecken vor den Würgegriffen der Verhältnisse gibt, das Beiseitetreten vor der Selbsteintrübung der Welt.

Angermann lacht und schaut mich vergnügt an.

Unglaublich, daß du dir das alles gemerkt hast, sagt er dann.

Deine Einwände haben mich damals beeindruckt, sage ich; und genau darüber könntest du auch heute sprechen. Deine Vorlesung könnte heißen: Die Flucht vor der Selbsteintrübung der Welt.

Angermann lacht vor sich hin.

Du nimmst mich nicht ernst? frage ich.

Natürlich nehme ich dich ernst.

Wir betrachten noch eine Stunde lang die Schönheit der Anarchisten und die Schönheit der sie bewachenden Polizisten. Nach einer weiteren Stunde löst sich die Demonstration langsam auf. Die Polizisten steigen in ihre Einsatzwagen und fahren zurück in ihre Reviere.

Wir können ja bei uns zu Hause weiterreden, schlage ich vor.

Angermann ist einverstanden. Traudel ist, als sie später dazustößt, überrascht und erfreut, daß ich einen Bekannten mit in die Wohnung gebracht habe. Das hatte sie schon öfter angeregt, nur ich war dieser Anregung bis jetzt nicht gefolgt. Sie lädt Angermann zum Abendbrot ein und plaudert genauso munter wie er.

ACHT

Mit Hilfe einer Aufschlüsselung der Einnahmen kann ich herausfinden, was die Umstellung der Lieferzeit auf einen Tag bis jetzt gebracht hat. Vermutlich ist es für eine Bilanzierung noch zu früh, aber ich bin zuversichtlich. Eigendorff will gute Zahlen hören. Das Problem ist: Es gibt in unserer Branche keine wirklich *neuen* Kunden. Wer den Umsatz steigern will, muß der Konkurrenz die fehlenden Kunden abjagen, und das ist nur möglich mit einem attraktiveren Service, zum Beispiel mit einer Ein-Tag-Lieferfrist. Herr Tischer, ein junger Kollege, kommt neuerdings mit Rucksack ins Büro. Bei ihm sieht das besonders töricht aus, weil er unter dem Rucksack stets einen dunklen, glatten Anzug und ein weißes Hemd trägt. Herr Tischer stellt den Rucksack neben seinem Schreibtisch ab und rührt ihn bis zum Feierabend nicht an. Gegen halb zehn wird Frau Weiss von ihrer Tochter per Handy angerufen. Die Tochter will die Sachen nicht anziehen, die ihr die Mutter über den Stuhl gelegt hat. Frau Weiss zischt die Tochter scharf an und beendet dann das Gespräch. Heute kommen die Putzfrauen schon am frühen Nachmittag, weil sie sonst ihr Pensum nicht schaffen. Frau Kahlert wischt den Schreibtisch ab, an dem ich arbeite. Ich lehne mich zurück und warte. Frau Kahlert ist etwa zwanzig Jahre älter als ich. Ich ahne, daß sie es skandalös findet, daß eine so alte Frau den Schreibtisch eines noch jungen Mannes wischen muß. Ihre Kollegin (ich habe ihren Namen vergessen) redet ins Ungefähre und stopft dabei Büromüll in einen riesigen blauen Plastiksack, den sie hinter sich herzieht. Das Geräusch ihres Sprechens verschwindet im Knittern des Plastiksacks, so daß der Eindruck entsteht, auch ihr Reden sei Abfall. Gegen 15.00 Uhr bestellt mich Eigendorff in sein Büro. Er trägt sein konventionell ernstes Gesicht und bittet mich Platz zu nehmen.

Ich will es kurz machen, sagt er und legt eine Pause ein.

Dann sagt er: Sie sind am Donnerstag zuerst um 14.00 Uhr und dann noch einmal um 16.00 Uhr als Teilnehmer einer Demonstration beobachtet worden. Was Sie in Ihrer Freizeit machen, ist mir natürlich egal. Aber ich kann Sie nicht dafür bezahlen, daß Sie Ihre Arbeitszeit bei irgendwelchen Kundgebungen verbringen.

Ich will etwas sagen, aber er schneidet mir das Wort ab.

Darüber müssen wir nicht diskutieren, sagt er.

Eigendorff wartet ein paar Sekunden. Ich will jetzt tatsächlich nichts sagen und starre auf den gläsernen Briefbeschwerer auf Eigendorffs Schreibtisch.

Dann sagt er: Sie müssen morgen nicht mehr zur Arbeit erscheinen. Sie sind hiermit fristlos entlassen. Wenn Sie wollen, können Sie gleich gehen. Meine Sekretärin schickt Ihnen die Papiere nach Hause. Für Ihren Lebensweg wünsche ich Ihnen alles Gute.

Mehr sagt Eigendorff nicht. Ich erhebe mich, verlasse ohne ein Wort das Büro und begebe mich an meinen Platz. Ich überlege tatsächlich, ob ich sofort gehen oder ob ich den Feierabend abwarten soll. Die nächste Frage ist, ob ich mich von den Kollegen verabschieden werde oder nicht. Wenn ich mich nicht täusche, sind sie derart betreten, daß ich momentweise vermute, sie haben schon länger von meiner Entlassung gewußt. So reglos wie eine Amsel im Winter sitze ich an meinem Schreibtisch. Natürlich war ich mit dieser Großwäscherei nie emotional verbunden. Ich mußte immer beide Augen zudrücken, daß ausgerechnet ich in einer derartigen Umgebung überlebte. Vermutlich deswegen bin ich jetzt viel weniger erschüttert, als die Kollegen annehmen. Überwältigt bin ich nur von meiner letzten Begegnung mit Eigendorff. Diese Ruck-Zuck-Abfertigung hätte ich ihm nicht zugetraut. Ich beschließe, den Rest des Nachmittags im Büro auszuhalten. Auf diese Weise hoffe ich verhindern zu können, mich von den Kollegen einzeln verabschieden zu müssen. Schon nach zehn Minuten merke ich, wie schwierig es für mich ist, ein Scheitern auf diesem niedrigen Niveau wirklich hinzunehmen. Die Überempfindlichkeit in mir weiß sich endlich im Recht und weiß nicht wohin. Ich schaue aus dem Fenster und betrachte zwei Hunde, die eng an einer Hauswand entlanglaufen und nicht aufschauen. Mein Blick schweift nach links zum Flachdach einer Auto-Garage. Dort liegt ein Stück Dachpappe, in das von Zeit zu Zeit der Wind hineinfährt. Die Dachpappe sieht dann aus wie ein dreivierteltoter Vogel, der immer gerade zum letzten Mal einen Flügel hebt und ihn dann kraftlos absinken läßt. Immer mal wieder habe ich mir, dieses Bild betrachtend, gesagt: Eines Tages wird eine Situation eintreten, in der dieses Stück Dachpappe ein symbolischer Darsteller deines Lebens wird. Jetzt ist das Klischee eingetreten, und ich muß ein bißchen kichern. Ich hätte nichts gegen ein anständiges mächtiges Gefühl, immerhin bin ich fristlos entlassen. Merkwürdig ist, daß mich kein Kollege wegen irgend etwas anspricht. Das verstärkt meinen Verdacht, daß sie alle Bescheid gewußt haben. Einer von ihnen hat mich offenbar beobachtet und verpfiffen. Vermutlich hatte Eigendorff einen Grundverdacht gegen mich und beauftragte jemanden mit meiner Observation. Aber eigentlich will ich nicht wissen, wer mir auf den Fersen war. Noch merkwürdiger ist, daß auch ich niemanden ansprechen will. Ich verstaue ein paar Kleinigkeiten, die sich in der Schublade meines Schreibtischs befinden, in einer Plastiktüte. In einem kleinen Umschlag finde ich ein einzelnes Schamhaar von Traudel, das ich vor langer Zeit hier deponiert habe. Ich weiß, daß mich das Schamhaar tröstet, und schiebe es mir in den Mund. Auch jetzt geht wieder ein Trost von ihm aus, den ich nicht beschreiben kann. Mit der Zunge schiebe ich das Schamhaar in der Mundhöhle hin und her und betrachte dabei das sich im Wind aufbäumende und dann niederstürzende Stück Dachpappe auf der Autogarage. Es ist erstaunlich (es ist nicht erstaunlich), daß die Bewegungen des Schamhaars und die Bewegungen der Dachpappe eine wunderbare Duldsamkeit in mir hervorrufen, in der ich den quälenden Tagesrest in der Großwäscherei großmütig überlebe. So pünktlich wie sonst selten – um 17.00 Uhr – erhebe ich mich, nicke einzelnen Kollegen kurz zu und verlasse das Büro. Ein einziger letzter Blick gilt meinem leergeräumten, jetzt verlassenen Schreibtisch.

Es paßt zu diesem Tag, daß mir etwa zwanzig Minuten später in der Nähe der Paulskirche Marlene Poscher über den Weg läuft. Es hat keinen Sinn, sie zu grüßen, denn Marlene Poscher hat mich vergessen, was für mich eine Erleichterung sein sollte. Aber ich bin mir nicht ganz sicher, ob sie mich tatsächlich vergessen hat, und in dieser Ungewißheit liegt das peinigende Moment. Gegen Marlene Poscher habe ich mich vor etwa zwanzig Jahren unhöflich benommen. Damals saßen wir in einem geschichtsphilosophischen Seminar von Professor Schneidereit. Ich war schon fünfzehn Minuten vorher gekommen, als Marlene Poscher, die schon damals dauerbleich, häßlich, von klobigem Körperbau und fast unüberwindbar schüchtern war, den Raum betrat. Sie sah mich und grüßte mich auf so freundliche, charmante Art, daß es ihre übrigen Nachteile momentweise aufhob. Ich aber befand mich damals in einer entsetzlichen Phase der Selbsteinschüchterung, fühlte mich chancenlos, lebensfremd und im tiefsten Inneren talentlos und leer – und wurde ausgerechnet von der unattraktivsten Studentin des philosophischen Seminars begrüßt. Ich verwandelte mich in einen öffentlich herumliegenden Eisblock, grüßte nicht zurück, blickte sogar gepeinigt zur Seite. Leider fand ich auch später nicht die Kraft, auf Marlene Poscher zuzugehen und mein Fehlverhalten vergessen zu machen. Ich weiß nicht warum, bis heute nicht. Marlene Poscher sah mich nie mehr an und grüßte mich nie wieder. Seit ungefähr zwanzig Jahren habe ich das Bedürfnis nach einer Entschuldigung, die immer unmöglicher wird, je länger sie nicht geschieht. Mein Bedürfnis ist heute unnötig und lächerlich, weil Frau Poscher (so nenne ich sie in meinem Inneren) sich nicht mehr an mich erinnert. Oder sie erinnert sich doch und sagt jetzt zu sich selbst: Da kommt wieder diese Null von damals und wird immer nulliger, womit sie, am Tag meiner fristlosen Entlassung, nicht so ganz unrecht hätte. Frau Poscher geht an mir vorbei. Sie hat mich, wie erwartet, nicht wiedererkannt, oder sie hat mich, wie erwartet, wiedererkannt. Es zieht ein Schauder durch mich hindurch. Ich fühle mich erkannt, beschämt und hilfsbedürftig, aber ich kaufe mir nur eine Zeitung. Ich fühle mich privilegiert, weil mir niemand Vorwürfe macht. Wie wunderbar ist es, daß kein Mensch seine Schuld öffentlich zeigen muß. Wie entsetzlich ist es, daß jeder Mensch seine Schuld in seinem Inneren jeden Tag anschauen muß. Traudel wird, wenn ich heute abend von meiner Entlassung berichte, vermutlich kein Aufhebens machen. Mein geringes Betroffensein paßt zu der Nichtswürdigkeit des verlorenen Jobs. Trotzdem entspricht meine Wurschtigkeit nicht ganz den Tatsachen. Immerhin empfand ich in der Großwäscherei eine merkwürdige Geborgenheit, die meinen Hohn nicht verdient. Im Gegenteil; ich weiß, wie schwer ich mich damit tue, überhaupt Geborgenheit zu empfinden. Ich weiß nicht, warum in diesen Augenblicken der Beginn eines weiteren schrecklichen Erlebnisses meinen Tag verdüstert. Am oberen Ende einer Rolltreppe wird die Gestalt einer älteren Frau sichtbar. Sie stolpert und fällt hin. Ihre Einkaufstasche liegt einen Meter von ihr entfernt, ihre Brille ist unter den Körper geraten. Ich stürze auf die liegende Frau zu und will ihr aufhelfen. Im Eifer verliere ich für einen Augenblick die Übersicht und trete der Frau auf ihre am Boden liegende linke Hand. Die Frau schreit und beginnt zu weinen. Es gelingt mir, die Frau von hinten unter den Achseln zu fassen und hochzuziehen. Ein anderer Mann klopft der Frau den Straßenschmutz vom Rock. Haben Sie sich verletzt, fragt der Mann zweimal. Die Frau nimmt schon auf mich Rücksicht, untersucht nicht die von mir malträtierte Hand und sagt: Vielen Dank, Gott sei Dank nicht. Ich beneide den anderen Mann um seinen routinierten Umgang mit dem Unglück. Ich rede von den Rätseln des Ungeschicks und merke gleichzeitig, daß meine Formulierung treffend wäre, wenn sie in einem Buch auftauchte, aber jetzt, hier in der Wirklichkeit, als unpassend, wenn nicht als überheblich erscheint. Die Frau redet mit dem später hinzugetretenen Mann, nicht mit mir. Der Mann hebt die Brille der Frau vom Boden auf und stellt fest, daß die Brille halb zerbrochen ist. Die Frau nimmt auch die vermutlich unbrauchbar gewordene Brille entgegen und verstaut sie in der gleichfalls von dem anderen Mann aufgehobenen Tasche. Ich mache mir Vorwürfe, daß ich weder die Brille noch die Tasche aufgehoben habe. Diese ins Leere gehende Fürsorge ist ganz typisch für mich. Deswegen komme ich mir jetzt oberflächlich, halb zerfleddert und nichtswürdig vor. Mir paßt nicht, daß ich erschöpft und müde bin, obwohl ich nicht gearbeitet habe. Ich bin in keiner guten Heimkehr-Verfassung, aber ich habe genug von den

Einzelheiten ringsum und mache mich auf den Weg. Traudel wird sofort merken, daß etwas nicht stimmt. Es steigt die Stimmung eines Schülers in mir hoch, der vor kurzem erfahren hat, daß er nicht versetzt wird. Es gefällt mir nicht, daß ich als Erwachsener bloß ein Schülergefühl zustande kriege. Ich habe insofern Glück, als Traudel noch nicht zu Hause ist, als ich die Wohnung aufschließe. Ich betrete das Wohnzimmer und sehe plötzlich meine noch immer auf dem Balkon hängende Hose. Im stillen lobe ich Traudel, weil sie sich in mein Hosenexperiment bis jetzt nicht eingemischt hat. Aber jetzt öffne ich die Balkontür und hole meine Hose in die Wohnung, bürste sie im Bad aus und hänge sie in den Kleiderschrank. Als Traudel die Wohnungstür öffnet, sitze ich in der Küche und schäle eine Birne. Traudel merkt sofort, daß etwas nicht stimmt. Wahrscheinlich liegt es daran, daß ich eine Birne schäle. Das mache ich sonst nie.

Traudel grüßt und fragt spitz in die Küche: Ist was passiert?

Ich versuche eine stumme Leugnung, aber sie mißlingt mir.

Traudel sagt: Soll ich raten?

Ist nicht nötig, sage ich jetzt doch, ich bin rausgeschmissen worden.

Oh, macht Traudel, das hatten wir noch nicht.

Ich versuche, so gut ich kann, die Entlassung herunterzuspielen, aber der Versuch mißlingt.

Ist es schlimm für dich?

Nöö, sage ich, es ist, als hätte ich einen Studentenjob verloren.

Aber es war doch schon eine halbe Lebensstellung, sagt Traudel.

Dazu schweige ich.

Warum haben sie dich gefeuert?

Ich habe den Job nur deswegen so lange ausgehalten, weil es leicht war, freie Zeit herauszuschinden.

Und dabei haben sie dich erwischt?

Ja.

Das Herumlungern bei der Demonstration werde ich nicht zugeben, überlege ich, aber Traudel fragt nicht weiter. Sie stellt ihre Einkaufstüten ab und packt die Sachen aus, mit denen sie gleich ein Abendbrot zubereiten wird.

Machst du dir Sorgen? fragt sie.

Nicht wirklich, sage ich, wenn ich von einer gewissen Grundsorge einmal absehe.

Grundsorge? Davon hast du nie gesprochen.

Von Zeit zu Zeit gehe ich immer mal wieder ins Philosophische Seminar und setze mich irgendwo hin. Und warte darauf, daß ein Akademischer Rat oder sonstwer auf mich zukommt und sagt: Gut, daß Sie gekommen sind. Wir wollten Sie sowieso anrufen. Wir würden Ihnen gerne eine Professur anbieten.

Ist das wahr? fragt Traudel.

Ja.

Das hast du mir nie gesagt.

Weil es mir peinlich ist, sage ich.

Und warum sagst du es jetzt?

Die Gelegenheit für Geständnisse ist günstig, sage ich.

Traudel lacht und umarmt mich. Dadurch löst sich die Anspannung. Ich bin froh, daß ich wenigstens eine Teilwahrheit gestanden habe. Ich habe so viele Probleme, daß ich praktisch jeden Tag Geständnisse machen könnte. Das lebensgeschichtlich tief sitzende Unbehagen, daß ich mich von der Philosophie, der Bildung und meiner Eitelkeit habe narren lassen, ist bis heute zwischen Traudel und mir nicht besprochen worden. Das noch viel tiefer sitzende Problem, daß ich inzwischen von meiner peinigenden Selbstüberschätzung weiß, ist praktisch unaussprechlich. Jedesmal, wenn ich es sagen will, würgt mich die Scham. Traudel gegenüber tue ich so, als wäre in mir ein bedeutender Philosoph verlorengegangen. Ich merke, daß Traudel sich in diese Versagung einfühlt und mitempfindet. Eine andere, mich ebenso stark bedrängende Sorge ist meine fundamentale Unruhe. Ich meine damit ganz wörtlich die Unmöglichkeit, längere Zeit *einer* Beschäftigung in *einem* Raum nachzugehen. Ich verhülle, oft mit erheblicher Anstrengung, daß ich es nirgendwo lange aushalte. Kaum bin ich im Büro, will ich wieder nach draußen. Bin ich endlich draußen, will ich zurück in einen geschlossenen Raum. Bei Traudel halte ich es oft nur aus, weil ich (gegen meinen Willen) lange fernsehe. Traudel sitzt dabei oder sitzt nicht mit dabei. Ich schaue mir fast alles an, was lange dauert, Boxkämpfe, Reitturniere, Diskussionen. Ich weiß von vielen Menschen, denen es ähnlich ergeht. Das Fernsehen nützt die Not der Menschen skrupellos aus. Meine Zwiespältigkeit macht mir das Fernsehen besonders verhaßt. Ich bin erst seit ungefähr einer Stunde zu Hause, und obwohl ich mich in unserer Wohnung aufhalte, komme ich mir vor wie in einem Altersheim und möchte fliehen. Wahrscheinlich schalte ich in Kürze den Fernsehapparat ein. Meine Unruhe richtet sich nicht gegen Traudel, sondern (vermutlich) gegen den Raum, in dem ich mich immer gerade aufhalte. Ich würde gern beschreiben können, *was* an den Räumen die Beklemmung auslöst. Bis jetzt bin ich in dieser Hinsicht erfolglos. Meine Denkkraft reicht nicht aus, die Beklemmung der Räume begrifflich zu fassen. Nichts ist grausamer als die Entdeckung, im entscheidenden Augenblick ein sprachloser Philosoph zu sein. Wie so oft packt mich dann die Sehnsucht nach grenzenlosem Unterwegssein, obwohl ich weiß, daß auch das Nomadenleben eine Schimäre ist. Was von all dem übrig bleibt, ist das hörbare Knistern verschlissener Illusionen; sie rascheln im Kopf wie zu oft benutztes Einwickelpapier.

Traudel bereitet einen Salat vor, der hübsch ausschaut und sehr gut schmecken wird. Außerdem hat sie zwei kleine Steaks zurechtgemacht, die sie in die Pfanne legen wird, wenn sie mit dem Salat fertig ist. Eigentlich wollte ich duschen, aber jetzt decke ich den Tisch. Ich nehme an, im Tischdecken drückt sich eine diffuse Dankbarkeit dafür aus, daß ich schon wieder um eine Diskussion meiner verkorksten beruflichen Lage herumgekommen bin. Ich weiß nicht, warum mir während des Tischdeckens Erinnerungen an meine Kindheit einfallen. Ich sehne mich plötzlich nach den damaligen Schuhgeschäften. Dabei entsteht momentweise das Gefühl, ich hätte eine schöne, harmonische Kindheit gehabt. In Wahrheit war es so, daß meine Mutter mit mir vor dem Kauf der neuen Schuhe die Kreditabteilung des Kaufhauses im obersten Stockwerk aufsuchen mußte. Dort legte man ihr einen Antrag für einen Kleinkredit vor. Ich saß auf der Seite auf einem Stuhl, wo noch andere Kinder warteten, deren Mütter ebenfalls Kreditanträge ausfüllten. Damit der Kleinkredit genehmigt werden konnte, mußte meine Mutter eine Verdienstbescheinigung ihres Ehemannes vorzeigen, die sie in ihrer Handtasche mitgebracht hatte. Die Kreditsachbearbeiterin nahm die Verdienstbescheinigung und rief die Lohnbuchhaltung der Firma an, bei der mein Vater arbeitete, um zu überprüfen, ob die Angaben der Verdienstbescheinigung der Wahrheit entsprachen. Das taten sie, aber damit war die Kreditsachbearbeiterin noch nicht zufriedengestellt. Sie verlangte jetzt meinen Vater zu sprechen; sie fragte ihn, ob es in Ordnung sei, daß seine Frau einen Kleinkredit aufnehme, um für mich ein Paar Schuhe zu kaufen. Ich war acht oder neun Jahre alt und verstand kaum, was sich ereignete, merkte mir aber die Details. Das heißt ich sah, daß meine

Mutter sich schämte. Das Fräulein hinter dem Tresen überprüfte in ähnlicher Weise auch die Kreditangelegenheiten der anderen Frauen. Bis auf den heutigen Tag löst die Gruppenentblößung in der Kreditabteilung Schauer und Schrecken aus. Ich fühlte, daß ich mit meiner Mutter solidarisch war und ihre Scham zu teilen versuchte. Heute glaube ich, der Aufenthalt in der Kreditabteilung war überhaupt das erste Mal, daß mich die Scham in größerem Stil heimsuchte. Anders kann ich mir die Wiedererinnerung der Fülle der Einzelheiten nicht erklären. Als der Kleinkredit endlich genehmigt war, betraten wir die Kinderabteilung im Erdgeschoß. Der Schuhkauf war für Kinder damals eine Art Unterhaltung. Schon die kleinen, nach vorne hin abgeschrägten Hocker gefielen mir, auf die man seinen bestrumpften Fuß stellen mußte. Die Verkäuferin war eine Weile unterwegs, bis sie mit vier oder fünf Schuhschachteln auf dem Arm zurückkehrte und das Anprobieren begann. Sehr gut gefielen mir auch die armlangen Schuhlöffel der Verkäuferinnen. Wo sind die Schuhlöffel und die Schuhverkäuferinnen geblieben? In heutigen Schuhgeschäften muß sich jeder seine Schuhe selber aussuchen, sie irgendwo anprobieren und dann zu einer Aufsichtsfrau sagen: Die nehme ich. *Damals* drückten die Schuhverkäuferinnen mit dem Daumen vorne auf die Schuhkappen und prüften, ob die Schuhe nicht zu klein oder zu eng waren. In den feineren Schuhgeschäften gab es sogar Durchleuchtungsgeräte, in die man Fuß und Schuh hineinschob und dann auf einem Röntgenbild sehen konnte, ob die Schuhe paßten oder nicht. An der Kasse fragte eine sanfte Frau, ob man nicht Schuhcreme, Schuhspanner, Einlagen oder Socken brauche? Immer habe ich auf die Anschaffung weiteren Zubehörs gehofft, aber Mutter hatte auf dem kurzen Weg zur Kasse schlechte Laune bekommen. Schluß jetzt! Nichts mehr wird gekauft! sagte sie halblaut zu mir herunter.

Zu mir! Als wäre ich schuld gewesen an der Anschaffung der Schuhe. Erst spät ging mir auf, daß ich tatsächlich schuld war. Wenn ich nicht gewesen wäre, hätte sie die Schuhe nicht kaufen müssen und hätte sich die Demütigung in der Kreditabteilung ersparen können. Durch die plötzliche Schroffheit der Mutter erschien mir der Schuhkauf wie eine Ausschweifung, die eigentlich nicht zu verantworten war. Durch die Einfühlung in die Mutter stieg in mir etwas empor, was bis heute sein Rätsel nicht verloren hat: die schuldhafte Freude. Ich mußte verheimlichen, daß ich das Leben nicht verstand. Um mich wieder schuldfrei freuen zu können, faßte ich meine Mutter an der Hand und streichelte sie. Oft war ich damit erfolgreich. Durch das Anfassen ihrer Hand war meine Bereitschaft, ihre Scham, ihre Melancholie und sogar ihren Ärger zu teilen, plötzlich öffentlich geworden. Meine Mutter war so stark gerührt, daß sie wieder freundlich wurde. Erst dadurch schien meine Freude genehmigt zu sein und ließ mein Kinderglück zwischen ihr und mir hin- und herströmen.

Es strömt manchmal bis heute. Ich bin durch die Erinnerung guter Laune geworden, was sich zum Beispiel darin ausdrückt, daß ich die beiden schon ausgelegten Papierservietten wieder entferne und durch festlich weiße Stoffservietten ersetze. Außerdem stelle ich zwei Weingläser auf und öffne in der Küche eine Flasche Wein. Traudel braucht noch eine Weile, so daß ich jetzt doch noch dusche und frische Unterwäsche anziehe. Beim Abendessen will ich Traudel von der Scham in der Kreditabteilung erzählen, aber dann kommt doch alles ganz anders. Ich will über der Unterwäsche den Bademantel tragen, fasse aber versehentlich nach meinem schwarzen Wintermantel (er hängt an der Garderobe neben dem Bademantel), ziehe ihn über und setze mich in diesem an den Abendbrottisch. Traudel schaut mich halb verwirrt und halb entsetzt an und fragt dann: Willst du noch einmal weg oder was?

Ich erhebe mich, gehe um den Tisch herum, lege einen Arm um Traudels Schultern – und merke dabei, daß ich zwar frisch geduscht, aber im Wintermantel am Tisch sitze.

Oh! stoße ich einfallslos hervor, lege den Mantel ab und schlüpfe in den Bademantel. Ich rede undeutlich über meine Verwirrtheit, die mir Traudel (dieses Gefühl habe ich) nicht recht abnehmen will.

So etwas merkt man doch, sagt sie.

Ich pflichte ihr bei und habe dennoch keine weiterführenden Erklärungen. So senkt sich ein Schatten über unseren schön gedeckten Tisch, nein, kein Schatten, sondern vielleicht etwas Bösartigeres, ein Moment der Unverstehbarkeit, dem wir (jeder für sich) stumm und abgesondert nachsinnen müssen. Ich strenge mich an, liebenswürdig zu erscheinen und irgendwelche Schnurren aus meinem Leben zu erzählen, aber ich komme nicht gegen das Gespenst an, das an diesem Abend nicht von unserem Tisch weichen will.

Drei Tage später reicht mir Traudel einen kleinen Zeitungsausschnitt, ein Stellenangebot. Eine Wohnungsbaugesellschaft sucht einen *Allrounder* für die »Bereiche Haus, Garten, Keller, Garagen, Heizung, Hofreinigung«. Kenntnisse »im Bereich Hausverwaltung erwünscht, aber nicht Bedingung«. Ein Elektriker und ein Installateur stehen ganztägig zur Verfügung. »Sie haben zunächst circa dreihundert Wohneinheiten mit einem jährlichen Zuwachs von rund 100 Einheiten zu betreuen. Führerschein Kl. II unerläßlich. Richten Sie Ihre Bewerbung bitte an …«

Der Zeitungsausschnitt belastet mein Gemüt. Es sieht aus, als hätte Traudel Angst, ich könnte auf Dauer arbeitslos bleiben wollen, vielleicht ein bißchen mit Absicht, weil sie genügend Geld verdient. Vielleicht ist es auch nur das Wort

Allrounder, von dem eine Verfinsterung ausgeht. Hinter Allrounder verbirgt sich ein Handlanger, den man früher Hausmeister genannt hat, und das wäre die schlichteste Lösung, die mir das Schicksal zuweisen kann. Ich stecke den Zeitungsausschnitt ein und stelle mich an das Fenster unseres Hofzimmers. Ich will nur einem kleinen Insekt dabei zuschauen, wie es langsam in diagonaler Richtung die Fensterscheibe überquert. In der rechten unteren Fensterecke angekommen, läuft es nach oben weiter, immer an der Innenseite des Rahmens entlang. In der oberen Fensterecke verharrt das Tier und regt sich nicht mehr.

Wie ein Mensch! denke ich begeistert. Man legt lange Strecken zurück, bis man erkennt, weiteres Umhergehen wird ergebnislos bleiben, also läßt man sich nieder und ersetzt das Umhergehen durch Umherschauen. Nach einer Weile betrachte ich erregte Amseln, die an Mülltonnen entlanghüpfen und sich gegenseitig verfolgen oder nach Nahrung suchen. Immer wieder stellen Mieter große Kartons neben den Mülltonnen ab, die von der Müllabfuhr nicht entsorgt werden. Die Mieter sind verpflichtet, die Kartons selbst zu zerkleinern und die Kartonstücke in die Papiertonne zu stecken. Erst nach etwa einer Minute merke ich, daß ich soeben den Gedanken eines Allrounders gedacht habe. Ich hebe den Blick und betrachte den merkwürdig gelben Abendhimmel.

NEUN

Nicht weit von mir in der U-Bahn sitzen ein Mann und eine Frau. Beide säubern ihre Kleidung. Der Mann beugt sich mit dem Oberkörper tief nach unten und klopft sich auf die Hosenbeine. Die Frau wischt sich Krümel und Staubflusen von der Bluse herunter, und zwar mit so heftigen Bewegungen, daß ich gerne zu ihr sagen würde: Rücken Sie Ihrer armen Brust doch nicht so stark zu Leibe! Ich selbst habe mich von Traudel überreden lassen, heute meinen Anzug anzuziehen. Die chemische Starre des Anzugs ist so dominant, daß ich mich nicht recht bewegen kann. Eine Frau zieht sich einen Plastikhandschuh über und hebt den Scheißhaufen ihres Hundes auf. Das heißt, sie fügt dem öffentlichen tierischen Scheißen *nachträglich* die sittliche Verheimlichung des menschlichen Scheißens zu. Ich bin mal wieder enorm schlau. Sogar ein Hundescheißhaufen genügt mir, um mir selbst meinen jederzeit losbeißenden Intellekt vorzuführen. Ich bereite mich, so gut es geht, auf das Bewerbungsgespräch bei der Wohnungsbaugesellschaft Kreditbau vor. Das heißt ich überlege, ob ich mich als bildungsverliebten Einzelgänger darstellen soll, der von Anfang an gewußt hat, daß das Philosophie-Studium gesellschaftlich wertlos ist. In Wahrheit bin ich ein durch und durch praktischer Mensch, werde ich sagen. Danach könnte ich ein bißchen die Universitäten und das Bildungssystem beschimpfen. Die Hochschulen bilden sowieso zu viele Leute aus, die hinterher niemand brauchen kann, werde ich sagen. Das kommt immer gut an. Aber wahrscheinlich werde ich mich ohnehin falsch benehmen, das ist jedenfalls meine momentane Furcht. Das Problem ist: Ein Mann meines Alters sollte sich nicht mehr bewerben müssen. Die Kreditbau liegt in einem wirren Industriegelände, das heißt inmitten von Maschinenfabriken, Möbelhäusern, Reifenlagern, schmuddeligen Vereinsheimen und großen Parkplätzen für Tanklastzüge und Sattelschlepper.

Ich treffe pünktlich im Sekretariat ein und werde sofort weitergeleitet in das Büro von Herrn Wendt. Er sitzt vor einer Tafel mit Bauplänen und bittet mich, Platz zu nehmen.

Haben Sie schon einmal in einer Hausverwaltung gearbeitet?

Ich verneine.

Das macht nichts, sagt Herr Wendt, Sie lernen das ganz schnell; ich nehme an, Sie haben schon in verschiedenen Berufen gearbeitet?

Ich nicke.

Das ist ein gutes Zeichen, sagt Herr Wendt. Sie sind oder Sie wären eher in der Verwaltung tätig als in den Objekten selber. Wir unterhalten Wohnprojekte in sieben Vororten (er zählt deren Namen auf), für jedes Projekt gibt es einen örtlichen Hausmeister, den Sie zu beaufsichtigen und dessen Arbeit Sie zu koordinieren hätten.

Herr Wendt führt aus, daß die Kreditbau auch in den Wohnungsbau des Ostens »eingreift«, die Firma ist glücklich, daß ihr das gelungen ist.

Das ist ganz wichtig! Weil wir dadurch Anteil haben am Wiederaufbau des Ostens, das ist wie damals im zerstörten Westdeutschland vor sechzig Jahren, sagt Herr Wendt.

In mir wächst langsam und umständlich die Gewißheit, daß ich den von Herrn Wendt angebotenen Job nicht haben will. Ich suche nach Einzelheiten, die mir an Herrn Wendt nicht gefallen. Zum Beispiel entdecke ich Mohnkörner zwischen seinen Zähnen. Wenn Herr Wendt den Kopf senkt, erscheint sein Doppelkinn. Ich bin, wie so oft, aufmerksam und gleichzeitig schwer von Begriff. Hoffentlich erkennt Herr Wendt die dahinter lauernde Komplexität meines Temperaments. Gleich werde ich meine Promotion verunglimpfen. Ich bin meiner eigenen Intelligenz entfremdet, werde ich sagen. Sie können genausogut einen flotten Abiturienten oder einen gewöhnlichen Betriebswirt einstellen, damit werden Sie besser bedient sein. Aber dann sagt Herr Wendt:

Uns ist wichtig, daß Sie intelligent führen und auf Probleme schnell reagieren, wobei wir davon ausgehen, daß jemand, der promoviert hat, seine Intelligenz zu nutzen versteht.

Es ist fraglich, ob ich nach diesem Satz überhaupt noch irgend etwas sagen kann. Herr Wendt hält seine Bemerkung für einen Treffer und lächelt mich kollegenmäßig an. Mir ist klar, daß ich meine Promotion jetzt nicht mehr herunterspielen kann. Genaugenommen habe ich keinen Einfall mehr, wie ich meine Chance verkleinern könnte. Aus Ratlosigkeit fange ich an, meinen Vater nachzuahmen, das heißt ich lasse meine Schultern hängen und falte die Hände über dem Hosengürtel. Ich bilde die Sprechweise meines Vaters nach, das heißt ich bringe meine Sätze nicht zu Ende und fange immerzu neue Sätze an, die ich auch nicht zu Ende bringe. Meine Zusammengesunkenheit ist so deutlich geworden, daß ich schon fast einen Buckel mache. Ich muß aufpassen, daß ich nicht in eine Parodie abgleite. Das Unannehmbare und das Wirkliche an mir erscheinen plötzlich als ineinander verwachsen beziehungsweise verklammert, eine Art Peinigung. Wenn ich mich nicht irre, entgeht Herrn Wendt diese Peinigung nicht. Er scheint sich zu fragen, warum er schon so lange an mich hinredet. Jedenfalls kommt er jetzt rasch zum Ende und sagt, daß ich von ihm hören werde. Das heißt, daß ich aufstehen und gehen darf, was ich angemessen kleinlaut auch tue.

Ich bin froh, daß ich die Kreditbau verlassen darf und wahrscheinlich nie wieder aufsuchen werde. Ich überlege, ob ich nach Hause fahren und meinen Anzug ablegen soll, komme aber wieder davon ab. Mein einziger Wunsch für die nächsten zwei Stunden ist: Ich will nicht angestrengt gehen, nicht viel und nicht laut sprechen und auf keinen Fall denken. Ich steige in die Bahn und fahre zurück ins Zentrum. Als ich anfange, mir für Traudel eine Begründung zu überlegen, warum ich nicht Allrounder werden will, ermahne ich mich: Du wolltest nicht denken. Das Angenehme an meinem Grauen ist, daß sich meine Innenwelt mehr und mehr vor die Außenwelt schiebt und daß mich unter dem Eindruck dieser Verschiebung die Außenwelt immer weniger interessiert. Es durchflutet mich ein angenehmes Gefühl des Entkommenseins. Es kann nicht mehr lange dauern, dann gefällt mir jeder Anblick. Ich laufe an einem Schnellrestaurant vorbei und lese das schöne Wort Tagessuppe. Das Wort ist mit der Hand und mit Kreide auf eine grüne Schiefertafel geschrieben, ein bißchen ungeschickt, wahrscheinlich von einem Lehrling, der nur knapp der Legasthenie entkommen ist. An meinem Spott merke ich, daß mich die Einzelheiten wieder in sich aufnehmen und mich dadurch heimisch machen. Das Wort Tagessuppe ist elementar, lebensaufrichtend und zukunftsweisend; es klingt friedlich wie Suppe des Tages, in der wir alle schwimmen, es klingt wie göttlicher Trost und ewige Jugend. Ich erinnere mich, in *meiner* Jugend habe ich nach deprimierenden Erlebnissen geglaubt, ich sei nach der Geburt mit einem anderen Säugling verwechselt worden und sei deshalb den falschen Eltern in die Hände gefallen. Jahrelang plagte mich der Gedanke, meine richtigen Eltern suchen zu müssen, bis ich endlich während des Studiums (und damit:

zu spät) erfuhr, daß es sich bei der Vertauschungsidee um eine weitverbreitete pubertäre Zwangsvorstellung handelt, die sich in der Adoleszenz von selbst wieder auflöst. Bei mir hat sich nichts aufgelöst, im Gegenteil, bei mir wird alles hart und fest. Noch heute denke ich zuweilen, wenn ich attraktive Rentner sehe: Da sind meine Eltern! Endlich habe ich sie gefunden!

Noch immer habe ich keine Idee, wie ich Traudel beibringen soll, daß ich für den Beruf des Allrounders nicht geeignet bin. Es herrscht ein totes, schwitzendes Wetter mit feuchten Hochnebeln über den Dächern und übertrieben stinkenden Motorrädern auf den Straßen. Ich betrachte ängstliche Alte, die sich auch an einem Sommertag zu warm anziehen. Das heißt, nach ein paar Minuten habe ich den Einfall, daß sich die Alten ihres Mangelkörpers schämen und ihn deswegen folienmäßig dicht verpacken. Natürlich will ich mich nicht über alte Leute lustig machen, ganz im Gegenteil. Manchmal möchte ich selber gern am Arm einer alten Frau durch die Stadt gehen, aber ich weiß nicht, wie ich diesen Wunsch in Wirklichkeit umsetzen soll. Ich bin auch nicht wirklich an alten Menschen interessiert, ich will bloß der Unmöglichkeit des Lebens manchmal ein bißchen näher sein als sonst. Obwohl ich immer noch keinen Hunger habe, plagt mich die Fadheit im Mund. Die Stare quietschen noch immer in den Bäumen. Wie nie ermüdende Spieluhren ziehen sie sich selber auf und lassen ununterbrochen ihr Geräuschband ertönen. Ich komme an einem sogenannten Vergnügungscenter mit drei Kinos vorbei und überlege, ob ich mir eine Eintrittskarte kaufen und für zwei Stunden dem Stadtlärm entkommen soll. Das erste Kino zeigt einen amerikanischen Sciencefiction-Film, das zweite einen amerikanischen Gangsterfilm, das dritte einen amerikanischen Horrorfilm. Alle drei Filme will ich nicht sehen, obwohl ich nichts gegen amerikanische

Filme habe. Wenn wir den amerikanischen Klump nicht hätten, dann hätten wir einen anderen Klump, womöglich einen deutschen, und der wäre nicht besser als der amerikanische. Aus Ratlosigkeit gehe ich zum nahen Flußufer, wo ich schon lange nicht mehr war. Ich schaue nach Müttern mit kleinen Kindern und warte auf eine Katastrophe. Das heißt ich spekuliere damit, ob nicht ein Kind plötzlich seiner Mutter davonläuft und geradewegs in den Fluß fällt. Dann nämlich wäre ich zur Stelle, würde mich ins Wasser stürzen und das Kind retten. Die Mutter wäre überglücklich, wenn sie ihr entsetztes und schreiendes, aber lebendes Kind zurückerhielte, die Polizei würde kommen und dem Kind und mir je eine trockene Wolldecke geben, ein Reporter würde erscheinen und die Mutter und mich interviewen und uns zu dritt fotografieren. Für einen Tag wäre ich ein liebenswerter und vorbildhafter Mitmensch, der am Ende des Jahres noch dazu die Lebensretter-Medaille bekäme. Tatsächlich aber bin ich ein ideenloser Spaziergänger, der noch immer nicht weiß, was er gegen die Fadheit im Mund unternehmen soll. Außerdem habe ich inzwischen den Verdacht, daß die Fadheit im Mund nichts weiter ist als ein Ausdruck für die Fadheit meines ganzen Lebens, die in ihrer Totalität zum Glück nicht mehr dargestellt werden kann, sondern nur noch in solchen verwischten Augenblicken aufblitzt.

Ich werde jetzt auf der Stelle entweder ein Glas Wein trinken oder mir ein Eis oder eine Tüte Popcorn oder eine Bockwurst mit Brötchen kaufen. Aus Bequemlichkeit entscheide ich mich für eine Bockwurst, weil ich nicht weit von hier eine Würstchenbude sehe, an deren Theke gerade niemand ansteht und wartet. Die Brötchen sind alle, sagt die Verkäuferin und legt eine Scheibe Schwarzbrot auf den für mich bestimmten Pappdeckel. Die Bockwurst ist warm, tatsächlich verschwindet innerhalb einer Minute endlich die Fadheit im

Mund. Das Brot mag ich nicht, es bleibt unangefaßt auf dem Pappdeckel zurück. Ich betrachte es eine Weile, schließlich schiebe ich die Scheibe in die linke Innentasche meines Anzugs. Ich warte darauf, daß mir ein bedürftiger Bekannter über den Weg läuft, dem ich überraschend eine Scheibe Brot überreichen könnte. In wenigen Augenblicken wäre ich (bin ich) dann wieder ein liebenswerter und vorbildhafter Mensch. Aber es kommt niemand vorbei, den ich kenne. Statt dessen beginnt es mir zu gefallen, eine Scheibe Brot körpernah mit mir herumzutragen. Ich bilde mir schon fast ein, daß eine sanfte Beruhigung von dem Brot ausgeht. Manchmal nehme ich das Brot heraus, schaue es an und denke: ahhh, mhm, ja, tja, also – und stecke es zurück in die Anzugtasche. Gleichzeitig blicke ich unverhohlen umher, ob mich jemand beobachtet. Wenn ich im Zweifel bin, ob ich heimlich verrückt geworden bin, schaue ich mir *echte* Verrückte an. Zum Beispiel fährt ein dicker Mann auf einem Fahrrad in der Stadt herum, steuert zuweilen mit hoher Geschwindigkeit auf einen einzelnen Passanten zu, bremst vor diesem scharf ab, beschimpft ihn eine Minute lang und fährt dann weiter. Es genügt, mir diese armen Menschen nur fünf Minuten lang anzuhören und anzuschauen, und ich weiß wieder, daß ich nicht zu ihnen gehöre. Echte Verrückte sind laut, aggressiv, pöbelnd, unberechenbar. Ich dagegen bin leise, duldsam und verhuscht wie ein vergessener Fisch in einem Aquarium. Tatsächlich aber wird die Verlockung, jemandem anstelle meiner Hand die Scheibe Brot entgegenzuhalten, von Schritt zu Schritt stärker. Da kommt mir Annette entgegen, eine Jugendliebe von mir, an ihrer Seite ein junger Mann, vermutlich ihr Sohn. Wir lächeln und gehen aufeinander zu. Annette würde verstehen, wenn ich ihr anstelle meiner Hand eine Scheibe Brot entgegenhalte. Wir haben schon als Kinder viel miteinander gekichert. Unsere Geschichte begann an einem Sonntag im Kindergottesdienst der Lukas-Kirche. Durch Zufall saßen wir nebeneinander, ich schenkte ihr meine drei Heiligenbildchen, die ich in meinem Gesangbuch aufbewahrt hatte. Annettes Gesicht leuchtete, als sie plötzlich zu ihren eigenen Heiligenbildchen noch drei weitere in ihrem eigenen Gesangbuch aufbewahren durfte. Sonntag für Sonntag saßen wir nebeneinander im Gottesdienst wie ein früh gealtertes Kinderehepaar. Jahre später, im Konfirmandenunterricht, begehrten wir uns wahrscheinlich am heftigsten. Sie war jetzt dreizehn, ich vierzehn. Nach dem Konfirmandenunterricht schlossen wir uns in einer Toilette des Gemeindesaals ein und warteten, bis es ganz still geworden war. Ich küßte Annettes stets aufgesprungene Lippen, sie zeigte mir ihre wunderlichen kleinen Brüste. Es waren nur geschwollene Brustwarzen, die von Woche zu Woche wuchsen. Am meisten gefielen mir die winzigen weißen Härchen, die rund um die Brustwarzen *gerade noch* zu fühlen waren. Wenige Wochen später besuchte Annettes Mutter meine Mutter und beschwerte sich über mich. Tatsächlich empörte sich auch meine Mutter und verlangte von mir, Annette in Ruhe zu lassen. Es gelang unseren Müttern, uns auseinanderzubringen, jedenfalls einige Jahre lang. Dann traf ich Annette wieder in einem unansehnlichen Vorort, in dem ich zu dieser Zeit ein Appartement bewohnte. Annette war jetzt zweiundzwanzig, verheiratet und schob einen Kinderwagen. Ich war dreiundzwanzig und Student. Schon nach wenigen Minuten ergriff uns die nie verschwundene Zuneigung. Annette sah immer noch so aus wie mit dreizehn. Sie hatte dasselbe schmutzigblonde Haar, dasselbe knochige Gesicht, dieselbe magere Figur und die immer noch aufgesprungenen Lippen. Zu meinem Appartement war es nicht weit. Im Fahrstuhl begann das Kind zu greinen. Annette versuchte, das Kind zu beruhigen, ohne Erfolg. Im Appartement legte

Annette den Säugling auf mein kleines Sofa und machte ihn frisch. Es tut mir leid, sagte Annette mehrmals und sah entschuldigend zu mir. Zum ersten Mal roch ich, wie ein Baby mit einer vollen Windel riecht. Annette reinigte den Säugling, cremte ihm das Hinterteil ein und legte eine frische Windel an. Trotzdem beruhigte sich das Kind nicht. Annette nahm das Kind (einen Jungen) auf den Arm und trug es eine Weile im Appartement umher. Das Greinen hörte nicht auf. Annette legte Bluse und Büstenhalter ab. Sie lachte leicht zu mir herüber, weil wir uns in diesen Augenblicken an unsere Nachmittage in der Toilette des Gemeindesaals erinnerten. Tatsächlich glaubte ich, in wenigen Augenblicken Annettes wunderbare Kinderbrüste wiederzusehen. In Wahrheit war ich kurz danach erschüttert über den Anblick von leer gesaugten, flachen, fladenartig herunterhängenden Brüsten. Am liebsten wäre ich verschwunden, aber das war nicht erlaubt. Annette legte sich das Kind erst an die linke, dann an die rechte Brust. Ich sah widerwillig dabei zu und konnte mir nicht klarwerden über meine Empfindungen. Nach etwa zehn Minuten war der Säugling erschöpft vom Trinken und endlich ruhig. Vorsichtig legte Annette das Kind in den Wagen zurück und verstaute die gebrauchte Windel in einer Plastiktüte. Ich hatte das Fenster geöffnet, aber der Geruch nach Urin und milchigem Kot verschwand nicht so schnell. Annette war munter und guter Laune. Das Herumhantieren mit dem Kind war in ihren Augen *auch* ein erotisches Theater für mich, das seine Wirkung leider verfehlte. Ich saß überfordert auf dem Rand meines Bettes und wußte nicht, was jetzt geschehen sollte. Ich bemerkte, daß meine anfängliche Gier nichts als innere Einsamkeit hervorgebracht hatte, mit der ich genausowenig fertig wurde wie mit dem Kotgeruch. Annette zog Büstenhalter und Bluse nicht wieder an, sondern setzte sich neben mich und bog nach kurzer Zeit meinen

Oberkörper nach hinten auf das Bett. Mal starrte ich auf Annettes leer hängende Brüste, mal auf den Kinderwagen in der Mitte des Zimmers.

Jetzt steht Annette mit leicht gerötetem Gesicht vor mir und gibt mir nicht die Hand. Der junge Mann an ihrer Seite ist wahrscheinlich der Säugling von damals.

Dir geht es gut, sagt sie halb fragend.

Ich glaube ja, antworte ich, worüber Annette ein wenig lacht.

Ich merke, daß ich ein bißchen herablassend spreche, was mir nicht recht ist. Ich suche nach einem unverfänglichen Thema, aber mir fällt nichts ein. Da erzählt Annette, daß sie wegen einer Nierenstein-Entfernung bald ins Krankenhaus muß und daß sie vor der Operation Angst hat.

Die Ärzte haben gehofft, daß der Nierenstein von allein abgeht, sagt Annette, aber das hat er leider nicht getan.

Mama, sagt der junge Mann neben Annette, kannst du auch mal von etwas anderem reden?

Jetzt muß ich lachen. Ich hätte nie für möglich gehalten, daß der kleine Säugling von damals einmal so genau meine heutige Empfindung aussprechen würde.

Der Sohn von Annette schneuzt sich. Das ist meine Chance. Zum Zeichen meines Verschwindenwollens atme ich deutlich ein und aus. Ich versichere Annette, daß mir das Wiedersehen Vergnügen gemacht hat. Sie öffnet den Mund und nimmt ihre Brille ab und putzt sie mit einem Brillenputztuch vor meinen Augen. In diesem Moment greife ich in meine linke Anzuginnentasche und hole die Brotscheibe heraus. Annette setzt sich die Brille auf und sucht mit ihrer Hand nach meiner Hand. Sekunden später fühlt sie in ihrer Hand eine feste, schon ein wenig trockene Scheibe Brot. Annette ist befremdet, fast erstarrt, senkt den Kopf und sieht, daß *ich* ihr die Brotscheibe in die Hand geschoben habe. Annette will etwas sagen oder fragen, kriegt aber nichts heraus und blickt mich an. Der Sohn ist noch stärker irritiert als seine Mutter. Ich will erklären, was ich mit der Brotscheibe ausdrücken will, aber auch ich kriege kein Wort heraus. Annette zieht ihre Hand mit dem Brot zurück, schaut das Brot aus der Nähe an, dreht es um und fragt dann:

Was ist mit dir?

Annette gibt mir die Brotscheibe zurück, ich stehe da und will noch einmal anfangen zu sprechen, aber es kommt noch einmal nichts außer dem Beginn eines Schluchzens.

Komm, sagt Annette, faßt mich am Ärmel und führt mich zur Seite an den Tisch eines Terrassen-Cafés. Der Sohn bleibt neben uns stehen und schaut auf mich herab wie zum Zeichen, daß er mit mir nichts mehr zu tun haben will.

Ein krampfartiges Schluchzen überwältigt mich wellenartig. Ich halte immer noch die Brotscheibe in der Hand.

Was ist mit dem Brot? fragt Annette.

Obwohl mir Tränen die Augen füllen und ich nicht viel sehe, erkenne ich doch, daß sich einige Passanten Gedanken über mich machen. Wie ein schnell gealterter Mensch fasse ich alles, was ich bei mir habe, kurz nacheinander an: mein Taschentuch, meinen Kugelschreiber, meine Brieftasche, ein bißchen Kleingeld, mein Schlüsselbund und einen Zettel mit Traudels Namen und den Telefonnummern. Ich reiche Annette den Zettel, sie gibt ihn weiter an die Bedienung, diese eilt mit ihm ins Innere des Cafés und ruft an. Ich sitze an einem Cafétisch und halte mir die Hände vor das Gesicht. Annette sagt, ich soll mich beruhigen. Der Sohn steht beiseite und zeigt seine Ungeduld. Die Bedienung kehrt mit einem Glas Wasser zurück und reicht mir den Zettel mit den Telefonnummern.

Es kommt gleich jemand, sagt die Bedienung und verschwindet.

Die Scheibe Brot liegt vor mir auf dem Tisch und entblößt mich. Ich habe nicht die Kraft, das Brot wieder in meine Anzugtasche zu stecken und eine Erklärung abzugeben. Ich setze mich auf einen anderen Stuhl, so daß die Passanten und die anderen Gäste nur noch meinen Rücken sehen.

Jaja, sage ich.

Es sind die ersten Worte, die ich wieder sagen kann. Zwischendurch glaube ich, mein Schluchzen habe aufgehört, aber dann kehrt es zurück und schüttelt mich noch einmal und noch einmal durch. Obwohl mein Mund trocken ist, traue ich mich nicht, nach dem Glas Wasser zu greifen. Nach etwa zwanzig Minuten sehe ich Traudel mit eiligen Schritten eine Straße überqueren. Sie kommt direkt auf mich zu. Annette nickt und geht, Traudel setzt sich neben mich.

Du mußt nichts sagen, sagt Traudel.

Das Schluchzen hat jetzt doch fast ganz aufgehört.

Wollen wir gehen? fragt Traudel.

Ich bin erschöpft, aber ich stehe auf. Wir verlassen die Terrasse und gehen zum Auto. Traudel bringt mich nicht nach Hause, sondern in eine etwa vierzig Kilometer entfernte Psychiatrische Klinik. Während der Fahrt spreche ich nicht. Ich höre dem leisen Weinen von Traudel zu.

ZEHN

Ich sitze in der großen Empfangshalle der Klinik und schaue den Putzfrauen zu, die mit breiten Besen den Boden wischen und sich Mühe geben, die Patienten nicht anzuschauen. Es ist kurz nach zehn. Vor etwa einer Stunde habe ich meine Tabletten eingenommen. Gegen zwölf wird Traudel eintreffen und mit mir im Patienten-Casino zu Mittag essen. Sie wird mir frische Wäsche mitbringen, vermutlich ein neues Hemd und ein oder zwei Bücher. Wahrscheinlich wird sie mit halb verweintem Gesicht die Eingangshalle betreten und mit ein wenig starren Bewegungen auf mich zukommen. Es tut ihr inzwischen leid, daß sie mich hierhergebracht hat, wozu ich vorerst schweige. Die ausgepumpten, nahezu reglos in den Sesseln ruhenden Patienten empfinde ich als schön. Ich spüre das langsame Eindringen der Tablettensubstanzen in mein Blut. Wenn ich in den Spiegel schaue, komme ich mir unverhältnismäßig gealtert vor. Ich war immer der Meinung, daß uns nicht die Lebensjahre alt machen, sondern unsere Erlebnisse. Daß ich einmal in eine Klinik eingeliefert werde, hätte ich niemals für möglich gehalten. Jetzt merke ich, wie mich dieses Erlebnis alt macht. In der Regel führen die Tabletten zu einer gewissen inneren Erleichterung. Der Nachteil ist, daß ich mich gleichzeitig wie verschleiert fühle. Es ist, als würde ich in einer mit Watte ausgeschlagenen Schachtel sitzen. Kurz nach meiner Einlieferung hat mich ein Arzt gefragt: Hören Sie Stimmen? Nein, habe ich geantwortet, ich höre immer nur mich. Sie hören sich? fragte der Arzt. Ich rede mit mir oder ich rede an mich hin, sagte ich. Ach so, sagte der Arzt, reden Sie laut mit sich? Nein, antwortete ich, ich rede leise in meinem Inneren mit mir. Ich betrachte die depressiven, autistischen und schizoiden Patienten um mich herum. Mein Trost ist, daß ich ein weniger schlimmer Fall bin. Ich habe meinen Therapeuten gefragt, wie lange ich hierbleiben werde. Das kommt darauf an, wie Sie sich entwickeln, antwortete er ausweichend oder nicht ausweichend. Ich werde so tun, als sei ich sicher, daß ich bald wieder nach Hause darf. Die Patienten ringsum lesen Zeitungen oder schreiben Briefe. Ich halte mich sowenig wie möglich in den Innenräumen der Klinik auf, um anderen Patienten nach Möglichkeit keine Chance zu geben, Gerüchte über mich zu erfinden. Ich bin erst eine Woche hier und kenne doch schon viele der kleinen Diskriminierungen, die über den einen und anderen Patienten in Umlauf sind. Über eine stark zwanghafte Chefsekretärin wird gespöttelt, daß sie täglich ihre Jeans bügelt. Jetzt betrachte ich ihre Jeans und stelle fest, daß sie tatsächlich messerscharfe Bügelfalten hat. Ich weiß nicht, warum mich der Anblick der Bügelfalten an meine Angst vor zukünftiger Einsamkeit erinnert. Gestern, während des Mittagessens, habe ich angefangen, ein paar meiner älteren Frauengeschichten zu erzählen. Ich habe das nur getan, weil ich nicht als verlassener Einzelgänger erscheinen wollte. Plötzlich verwendete ich das sonst nicht von mir gebrauchte Wort Liebschaften. Wegen plötzlich eintretender Wortfremdheit redete ich dann nicht mehr weiter. Die Einsamkeit stößt zu in dem Augenblick, wenn ich eine angefangene Mitteilung nicht vollenden kann. Vielleicht ist es auch umgekehrt. Vor drei Tagen fragte mich der Therapeut, ob ich sagen könne, woran ich leide.

Ich leide an einer verlarvten Depression mit einer akuten Schamproblematik, sagte ich.

Der Therapeut war (vermutlich) verblüfft und schwieg.

Ich weiß, sagte ich, daß der Patient, der sich als Fachmann seines Leidens präsentiert, für den Arzt ein Greuel ist.

Der Therapeut schwieg weiter.

Ich glaube nicht, sagte ich, daß Sie es schwer mit mir haben werden. Meine Innenwelt ist nicht sehr geräumig. Man kann mich schnell durcheilen und dann feststellen: Außer ein paar Schuldgefühlen und ein bißchen Scham ist nicht viel da.

Der Therapeut machte sich jetzt Notizen.

Von Jugend an, sagte ich, leide ich an der Zwangsvorstellung, durch mein Wissen verschont zu sein; mein Unglück zeigt sich gerade darin, daß ich glaube, auch dies noch zu wissen.

Der Therapeut schien zu überlegen und sah aus dem Fenster.

Ich war jahrzehntelang auf ein besseres Leben vorbereitet, sagte ich, das aber nie eintrat. Sehr lange habe ich sentimental und melancholisch herumgejammert, bis ich endlich bemerkt habe: Es wird erwartet, daß der Mensch zu seinem Unglück ein bloß abwartendes Verhältnis hat.

Wieder machte sich der Therapeut einige Notizen.

Dann sagte ich: Ich habe Angst, den Verstand zu verlieren. Vielleicht habe ich ihn schon verloren und bin deswegen hier.

Jetzt fragte der Therapeut: Wie kommen Sie auf diese Idee?

Daraufhin erzählte ich ihm, wahrscheinlich zu ausführlich, die Sache mit der Bockwurst und der Brotscheibe, die er noch nicht kannte. Danach war die Therapie-Stunde zu Ende. Ich nahm meine Zeitung und mein Buch und verließ das Zimmer des Therapeuten.

Das Veilchenparfüm von Schwester Bianca in der Rezeption duftet bis zu mir herüber. Es könnte sein, daß ich Traudel auf Dauer nicht verzeihen kann. Ich fühle mich von ihr verraten. Verrat kann man nur ertragen, wenn man selbst derjenige ist, dem etwas verraten worden ist. Ist man dagegen das Opfer eines Verrats, kann man keinesfalls zu seinem Verräter zurückkehren. Der läppische Veilchenduft bringt mich auf den noch läppischeren Gedanken, daß ich mir möglicherweise eine neue Frau suchen muß. Dabei habe ich nicht die geringste Lust auf eine neue Frau. Vermutlich ziehe ich mich von den Demütigungen der Liebe zurück. Außerdem ist der periodisch auftauchende Gedanke an eine neue Frau ein entsetzliches Lebenslaufklischee, mit dem meine biografische Überheblichkeit nichts zu tun haben möchte. Obgleich in der Eingangshalle eine große Zahl bedrückter Menschen herumsitzt, ist das Allgemeine der Bedrückung kaum zu fassen. Das Bedrückende bedrückt jeden, das heißt das Bedrückende ist für jeden offenkundig in der Welt, gleichzeitig ist es wegen seiner Allgemeinheit belanglos und daher unsichtbar. Um zu wissen, was mit einem Menschen los ist, muß ich sein Gesicht nicht mehr anschauen. Ich habe immer schon vorher Mitleid. An diesen bösartig zugespitzten inneren Sentenzen bemerke ich meinen üblichen Drang, jede Situation jederzeit restlos zu durchschauen. Dabei will ich mich auch vom Delirium meiner Intelligenz befreien. Ich möchte nicht mehr ehrgeizig sein, das hat sich erledigt.

Dr. Treukirch (das ist mein Therapeut) ändert alle drei Tage die Zusammenstellung und die Dosierung meiner Tabletten. Vermutlich bin ich nur hier, damit die richtige Medikation herausgefunden werden kann. Manchmal dämpfen mich die Medikamente zu stark, an anderen Tagen werde ich innerlich flirrig und nervös. Im Augenblick fühle ich mich fast angstfrei und entspannt, obgleich ich dem Zusammentreffen mit Traudel mit Unbehagen entgegenblicke. Vermutlich wäre es sinnvoll, wenn ich vor dem Mittagessen noch eine Stunde lang spazierengehen würde. Aber ich bin heute zu faul und gleichzeitig (wegen Traudels Besuch) zu erregt. Außerdem reagiere ich auf die Kleinstadt am Fuße der Klinik nicht gelassen. Wenn ich an den Schaufenstern von Miedergeschäften, Optikern und netten Metzgereien vorübergehe, ergreift mich nach kurzer Zeit das Gefühl, ein Teil der Bedrückung der Menschen entsteht durch die verlogene Verharmlosung des Lebens in den Schaufenstern. Als ich Kind war, hingen in den Metzgereien der Länge nach geöffnete Tierkörper, aus denen unten das Blut heraustropfte. Es genügte ein Blick in das Schaufenster, und jeder wußte, es geht jeden Tag um Leben und Tod. Wenn ich die in Boutiquen verwandelten Metzgereien sehe, werde ich wütend, daß nicht alle Menschen *gleichzeitig* empört sind. Und doch weiß ich, daß mein Affekt dumm ist und eines erwachsenen Menschen unwürdig. Vom Nebentisch dringt ein Satz einer Patientin zu mir herüber: Ich bin zu schwach, um mir eine neue Wohnung zu suchen. Der Satz gefällt mir, ich schaue in das Gesicht der Frau, die ihn gesagt hat. Es ist Frau Dr. Petzold, eine Kunsterzieherin und gescheiterte Künstlerin, die an gelegentlichen paranoiden Schüben leidet. Sie gehört zu einer Gruppe von Patienten, die demnächst ein Rockkonzert (mit Tanz) besuchen will. Frau Dr. Petzold hat mich schon gefragt, ob ich mitgehen werde, ich habe mich (wie üblich) abwartendzwiespältig verhalten. Wahrscheinlich werde ich nicht mitgehen. Mit populärer Musik kann ich nichts anfangen, im Gegenteil, ich halte sie für ein Symptom des verstümmelten Kleinbürgertums. Depressionen und Erlebnishysterie gehören zusammen, habe ich dieser Tage zu Frau Dr. Petzold gesagt und habe den Satz sofort bereut, weil er einen Teil meines Krankheitswissens verraten hat. Meine Verbindung zu Traudel hängt derzeit an einem seidenen Faden. Die Frau, mit der ich so lange zusammengelebt habe, verwandelt sich zur Zeit in einen sonderbaren Gast meines Lebens. In der

Tiefe meiner Empfindung verharrt ein Groll, der taub und stumm ist und nicht mit sich reden lassen möchte. Wer einmal geliebt hat und immer noch liebt, der weiß auch, wie schwierig es war und wie lange es gedauert hat, sich für die Liebe überhaupt geeignet zu machen. Diese Liebesarbeit ist es, von der man im Schmerz bemerkt, daß man sie nicht so einfach wiederholen kann. Aus dem Schmerz geht eine Art Liebesarbeitsscheu hervor. Der Geschmerzte muß plötzlich fürchten, eine schwere Arbeit vielleicht doch umsonst getan zu haben. Es paßt mir nicht, daß ich so kurz vor dem Eintreffen von Traudel derart schwerwiegende Gedanken denke. Vermutlich deswegen überfallen mich jetzt Trauer und Bitterkeit. Ich versuche, ein paar schlichte Sätze zu denken, zum Beispiel diesen hier: Es sollte nicht nötig sein, daß um des Glückes willen ein solcher Kampf stattfindet.

Aber ich kann nicht absichtlich schlicht denken, ohne gleichzeitig an Übelkeit zu leiden. Weil ich mir nicht mehr anders zu helfen weiß, gehe ich nebenan ins Fernsehzimmer. Es gibt dort immer ein paar Hilflose, die sich schon morgens Filme über irgend etwas anschauen. Ich setze mich so, daß ich durch das Fenster hindurch den Haupteingang im Auge habe. Es läuft ein Tierfilm über das Leben der Gnus in Afrika. Sie schlurfen in großen Rudeln durch die Wüste und sind immerzu von ihren Todfeinden umgeben, von Löwen und Hyänen. Die Unbesorgtheit der Tiere rührt mich. Sie stehen herum, schauen ihren Feinden ins Auge und suchen Nahrung. Die Augenblicke, wenn ein Löwe einem Gnu an den Hals springt und mit diesem schwer atmend zu Boden geht, haben Ähnlichkeit mit dem erschöpften Niedersinken des männlichen Kopfes nach einem Orgasmus. Der Vergleich irritiert mich vier Sekunden lang, dann stößt er mich ab. Da sehe ich, wie Traudel durch den Haupteingang hereinschmerzt. Es ist erkennbar, daß sie unter starkem Druck steht, den ich nicht lindern werde, jedenfalls zunächst nicht. In den Augenblicken, als ich mich erhebe und in das Foyer hinausgehe, fühle ich mich vor den anderen Patienten privilegiert. Traudel erkennt mich und kommt mit lodernden Bewegungen auf mich zu. Sie trägt eine weiße Bluse und ihren cognacfarbenen Rock. Ihr dunkles, glatt herunterfallendes Haar wedelt leicht hin und her. Traudel sieht schön aus, sogar im Schmerz. Sie umarmt mich, was sie sonst nicht tut, wenn andere Menschen in der Nähe sind.

Ach, sagt sie.

Ja, sage ich.

Nah an meinem Gesicht entringt sich ihr ein Schluchzen. Es ist offenkundig, daß sie Reue empfindet. Wieder werde ich an das wichtigste Gefühl meiner Kindheit erinnert: daß ich schon im Alter von neun Jahren mit den zukünftigen Katastrophen vertraut war. Mein Leben würde nur darin bestehen, das Eintreffen der Desaster ruhig abzuwarten und ihre Verschmelzung mit meinem Leben zu beobachten. Ich bin erschüttert und kann nicht richtig sprechen. Wir setzen uns ein bißchen absichtslos in zwei über Eck beieinanderstehende Sessel und schauen uns an. Traudel beruhigt sich langsam. Sie öffnet ihre Tragetasche und zeigt mir die für mich bestimmte Unterwäsche, Hemden, Taschentücher, Strümpfe. Ich nicke dankend mit dem Kopf und fasse die Unterwäsche an, was ich sonst nie tue.

Ich bringe die Sachen nachher in mein Zimmer, sage ich.

Traudel nickt ebenfalls. Auch sie kann noch nicht sprechen. Wir beobachten eine junge Besucherin mit Kleinkind. Sie sitzt in einem anderen Sessel und legt ihre Stöckelschuhe ab. Das Kind sagt fortlaufend Mama-Mama-Mama-Mama. Die Frau sagt, die Mama ist hier, das Kind sagt weiter Mama-Mama-Mama-Mama. Die Frau holt aus ihrer Handtasche einen Transistor heraus und schaltet Popmusik ein.

Das Kind sagt in die Popmusik hinein Mama-Mama-Mama-Mama. Die Frau holt aus ihrer Handtasche einen Kinderhandfeger und gibt ihn dem Kind. Das Kind beginnt zu fegen und sagt Mama-Mama-Mama-Mama.

Gehen wir mal kurz auf das Zimmer, sage ich.

Traudel nickt.

Die Besichtigung des Zimmers fällt kurz und zunächst wortlos aus. Allerdings gibt es hier nicht viel zu besichtigen. Ein schlichtes Holzbett, ein Tisch mit zwei Stühlen, ein Waschbecken, ein Einbauschrank. Ich ordne die von Traudel mitgebrachten Sachen in die oberen Fächer des Schranks ein.

Soll ich die schmutzige Wäsche mitnehmen, fragt Traudel.

Es gibt hier einen hauseigenen Waschdienst, sage ich.

Es macht mir nichts aus, sagt Traudel und beginnt, meine schmutzige Wäsche in ihre Tasche zu stecken. Kurz darauf schluchzt sie erneut, umarmt mich und bittet um Verzeihung.

Es ist so schlimm geworden mit dir, sagt sie, ich wußte mir nicht mehr zu helfen.

Was ist schlimm geworden? frage ich.

Schon die Hose auf dem Balkon hat mich geschafft, sagt Traudel; als du einen Bekannten als Mitarbeiter deiner Schule vorgestellt hast; dann die Scheibe Brot! Ich war fix und fertig.

Traudel schluchzt.

Fühlst du dich jetzt besser?

Ja, sage ich.

Wir verlassen das Zimmer und gehen in Richtung Klinik-Casino. Im Fahrstuhl fällt kein Wort. Ich überlege tatsächlich, ob ich trotz ihres Verrats zu Traudel zurückkehren soll. Ich muß anerkennen, daß ich sie überfordert habe. Ich habe ihr die Begegnung mit einem Menschen zugemutet, der in seiner inneren Verrückung unerreichbar geworden war. Die Angst, die aus einer solchen Begegnung hervorgeht, ist genauso menschlich wie die Verrückung selber. Deswegen steht es mir nicht zu, Traudel wegen ihrer Angst bestrafen zu wollen. Man kann Angst nicht verurteilen. Sie ist kein Vergehen. Ich bin begeistert, wie tadellos meine Denkmaschine wieder arbeitet. Ich erkenne darin ein Zeichen für die Rückkehr meiner Gesundheit. Trotz meiner Einsicht behält das Gefühl meiner Verletztheit die Oberhand. Das Casino ist wie fast immer überfüllt. Wir reihen uns in die Schlange vor der Essensausgabe ein. Ich weiß bis kurz vor der Luke nicht, für welches Mittagessen ich mich entscheiden soll. Dann stoßen wir fast gleichzeitig die Worte Forelle blau mit Salzkartoffeln aus. Über die Beinahe-Gleichzeitigkeit müssen wir ein bißchen lachen und empfinden Verlegenheit über ihren dürftigen Grund. Mit den Tellern in der Hand warten wir, bis zwei Plätze frei werden. Ich setze mich nicht gerne an einen Tisch, an dem bereits andere Menschen essen, aber wir haben keine Wahl. Die Leute an unserem Tisch (ein Patient und zwei Besucher) reden und lachen laut. Viele Patienten essen schnell, um wieder verschwinden zu können. Wer mit essen fertig ist, muß seinen Teller selbst zur sogenannten Geschirrückgabe bringen. Dadurch entsteht ein fast ununterbrochener Küchenlärm. Das dauernde Herausziehen der Stühle unter den Tischen und das Zurückschieben der Stühle unter die Tische verursacht ein noch stärkeres Geräusch. Wir machen uns halb stumm über die Forelle her und schauen uns wartend an. Einer der Besucher läßt seine halb aufgegessene Mahlzeit am Tisch zurück. Die schnell erkaltenden, glasig gewordenen Kartoffeln bilden zusammen eine Art Mondlandschaft. Die losgelösten Forellenhautstücke glänzen wie ein kleines Silbermoor. Meine Aufmerksamkeit für das stehengebliebene Essen ist kein gutes Zeichen, aber ich weiß mir nicht anders zu helfen. Die Gabel, die auf dem Tellerrand aufliegt, fordert zur sofortigen Flucht auf. Die Flucht wäre sinnlos, weil ohne nachvollziehbaren Grund. Trotzdem stelle ich mir vor, ich würde fliehen und unterwegs von zwei Klinik-Angestellten wieder aufgegriffen. Sie würden mich fragen, warum ich geflohen bin, und ich würde antworten: Wegen der Gabel auf dem Tellerrand. Darüber muß ich jetzt ein wenig kichern.

Sagst du mir, warum du lachst? fragt Traudel.

Am liebsten würde ich meine Forelle samt Kartoffeln an die Wand schmeißen, sage ich.

Traudel flüstert zurück: Ich auch.

Warum tun wir es nicht? frage ich.

Wenn *du* es tun würdest, sagt Traudel, würden sie dich für immer hierbehalten, und das kannst nicht einmal du wollen.

Das stimmt, sage ich, aber wenn du es auch tun würdest, würden sie vielleicht auch dich hierbehalten, und das wäre doch nicht schlecht, oder?

Wir lachen und spintisieren noch ein bißchen darüber, was passieren würde, wenn wir jetzt aufstehen und kurz nacheinander, wie bei einem sportlichen Wettbewerb, unser Essen gegen die Wand schmeißen würden. Immerhin gelingt uns dadurch eine Distanz zur unmittelbaren Unerträglichkeit. Wenn ich mich nicht täusche, ist Traudel ein bißchen beglückt, weil wir durch unsere Alberei einen Zipfel von unserer früheren Unbeschwertheit wiedererlangen. Nach dem Mittagessen machen wir einen kleinen Spaziergang in die Umgebung. Ich sehe viele Mitpatienten, deren Leiden ich Traudel erkläre. Für einen Kaffee reicht unsere Zeit nicht mehr, weil ich um 16.00 Uhr eine Therapiestunde habe. Traudel geht noch einmal mit mir ins Zimmer. Aus Verlegenheit zeige ich ihr die Tabletten, die ich täglich einnehme. Traudel faßt mich an und drängt sich an mich heran. Ich habe, glaube ich, noch niemals das Angebot einer Frau zurückgewiesen. Traudel neigt nachmittags nicht zu erotischen Handlungen, aber sie nimmt an, daß ich sexuell ausgehungert bin, womit sie recht hat. Als sie den Schlüssel meines Zimmers umdreht, ist klar, daß sie mir einen quasi ehemäßigen Samariterdienst erweisen will. Aber meine Verletztheit sträubt sich dagegen, sich so schnell niederlieben zu lassen, schon gar nicht zum Sonderpreis einer fixen Besuchssexualität. Als Folge meiner Klinik-Einweisung hat sich zwischen Traudel und mir eine Art Schmerzwaage eingependelt. Jeder legt in seine Waagschale den Schmerz, sich am Lebensglück des anderen vergangen zu haben. Wessen Vergehen wiegt heute schwerer? Derzeit glaube ich, Traudel hat ihre Schale überladen. Ich sollte Traudel nicht zu sehr mit meiner Erkrankung ängstigen. Ich knöpfe Traudel die Bluse, die sie sich schon geöffnet hatte, wieder zu. Daraufhin nimmt sie ihre Sachen an sich. Ich will sie runterbringen ins Foyer, aber sie sagt, daß sie schon alleine hinausfindet, und verläßt sichtbar gekränkt das Zimmer.

In der Therapiestunde kann ich nicht mit mir einig werden, ob ich über den mißglückten Abschied von Traudel sprechen soll oder nicht. Weil ich zu lange schweige, fordert mich Dr. Treukirch auf, über Melancholie zu sprechen, was mir schwerfällt.

Ich bin so sehr mit meiner Trauer verwachsen, sage ich, daß ich nicht gewohnt bin, über diese Verbrüderung zu sprechen.

Jetzt schweigt Dr. Treukirch lange.

Ich wundere mich, sage ich, warum meine Melancholie und der Rest der Welt so gut zueinander passen. Anders gesagt, ich staune darüber, daß die meisten Menschen meine Melancholie angemessen finden. Die Melancholie der Verhältnisse ist doch nicht auf die Bestätigung meiner kleinen Seele angewiesen.

Danach entsteht eine noch längere Pause.

Nach einigen Minuten belastet mich das Gefühl, ich sei an der Pause schuld, was gewiß nicht zutrifft. Dennoch erzähle ich eine törichte Geschichte, die ich als Kind erfunden habe. Eines Tages kam ich vom Einkaufen nach Hause und habe meiner Mutter gegenüber behauptet, daß ich in der Metzgerei diffamiert worden sei. Eine Verkäuferin hat mich einen kleinen Wurstzipfel genannt, sagte ich, und dann darüber gelacht. Ich fühlte mich verhöhnt und habe so schnell wie möglich die Metzgerei verlassen. Meine Mutter war erbost und kündigte an, sie werde die Verkäuferin zurechtweisen. Ich hatte eine Weile zu tun, sie von ihrer Absicht abzubringen. Ich verglich die Diskriminierung mit den Schmähungen, die ich aus der Schule kannte. Dort nannte man mich Schafsauge oder Holzwurm oder Spreißel. Auch ich beteiligte mich an der Schmähung der anderen Schüler, sagte ich damals zu meiner Mutter und jetzt zu meinem Therapeuten, und wir fanden es damals nicht sonderbar, daß die gegenseitig sich Schmähenden ein paar Minuten später wieder friedlich beisammensaßen und miteinander spielten. So ist es auch mit der Wurstverkäuferin! sagte ich altklug zu meiner verblüfften Mutter. Sie stehen den ganzen Tag in ihrer schrecklichen Metzgerei, und sie müßten zuweilen ihre Kunden verunglimpfen, damit sie wenigstens ein bißchen Unterhaltung hätten. Meine Mutter fand mich erstaunlich reif und weitsichtig und ließ daraufhin von einer Zurechtweisung der Verkäuferin ab. Endgültig erledigt war die Geschichte, als ich ein paar Tage später erklärte, daß die Verkäuferin ihre Schmähung nicht wiederholte und auch nicht über mich gelacht hätte.

An dieser Stelle sagte Dr. Treukirch: Zwischen der erfundenen Diskriminierung und der Brotscheibengeschichte besteht eine gewisse Ähnlichkeit.

Aber die Sache mit der Brotscheibe ist nicht erfunden, sage ich.

Das meine ich auch nicht, sagt Dr. Treukirch; sondern ich meine, daß es sich bei beiden Vorgängen um Aussetzungen handelt, um Selbstaussetzungen sozusagen, verstehen Sie?

Ich schweige und überlege, obwohl ich nicht weiß, *was* ich überlegen soll. Deswegen schaue ich meiner Hand dabei zu, wie sie sich in den Schacht zwischen Sitzfläche und der Seitenpolsterung meines Sessels einschiebt.

Wichtig ist nicht die Ähnlichkeit, sagt Dr. Treukirch; wichtig ist auch nicht, ob es sich wirklich um Selbstaussetzungen handelt, vergessen Sie bitte das Wort. Wichtig ist, was wir noch nicht wissen; wichtig ist, was die beiden Handlungen bedeuten, was Sie mit ihnen eigentlich sagen wollen.

Ich schweige, ziehe meine Hand aus dem Polsterschacht des Sessels und betrachte die Rötungen, die durch das Eingeklemmtsein der Hand entstanden sind. Ich weiß nicht, ob ich zugeben darf, daß ich Dr. Treukirch verstanden habe. Gleichzeitig will ich das Gefühl einer Entblößung zurückweisen; es ist, als hätte ich mein Geheimnis verloren.

Dann sagt Dr. Treukirch: Aber wir müssen an diesem Punkt nicht sofort weiterkommen; wir können beim nächsten Mal versuchen, hier anzuknüpfen.

Dr. Treukirch erhebt sich und gibt mir die Hand. Die Stunde ist zu Ende, ich verlasse das Zimmer des Therapeuten. Es überschwemmt mich der Eindruck, in den Augenblicken meiner größten Ratlosigkeit restlos durchschaut worden zu sein. Deswegen rutsche ich jetzt in eine Art inneren Vandalismus hinein, der mir seit meiner Kindheit vertraut ist. Ich möchte jetzt etwas stehlen, etwas zerstören oder jemanden beschimpfen. Ich gehe zurück in das Foyer, setze mich in einen Sessel und warte ab, bis sich meine Gefühle von selbst gegen andere eintauschen. Im Grunde war schon der innere

Vandalismus meiner Kindheit eine Selbstaussetzung. Als ich neun Jahre alt war, habe ich fast den Verstand verloren, weil ich zu lange von mir selbst getrennt war. Damals lief ich völlig verstummt und verlassen ganze Nachmittage in der Stadt umher, um den Abstand zwischen mir und mir zu verkleinern. Frau Gschill, eine Autistin, geht vorüber und erinnert mich daran, daß heute abend ein Rockkonzert stattfindet. Etwas Peinlicheres als ein Rockkonzert in der Provinz kann ich mir im Augenblick nicht vorstellen. Eine ältere Besucherin betritt den Empfangsraum. Sie führt einen kleinen Hund an der Leine. Nach ein paar Metern fällt der Frau die Leine aus der Hand. Der Hund läuft, die Leine neben sich herziehend, im Foyer umher. Danach kehrt der Hund freiwillig zu der Frau zurück. Fast alle Patienten schauen dem kleinen Schauspiel dankbar zu. Die Frau bückt sich und nimmt die Leine wieder in die Hand.

Gegen 20.00 Uhr sammelt sich im Foyer eine Gruppe von zuerst sechs, dann acht Patienten, um das Rockkonzert einer mir unbekannten Rockband namens THE TAIFUNS zu besuchen. Von den Patienten sind mir fünf unbekannt, drei kenne ich oberflächlich vom Mittagessen und von Spaziergängen. Das Konzert findet außerhalb in der Sporthalle der Gemeinde statt. Schon auf dem Weg dorthin komme ich mir unpassend vor. Ich schäme mich wegen meines fortgeschrittenen Alters. Dr. Adrian, einem ebenfalls älteren Patienten, scheint es ähnlich zu gehen. Wir schließen uns locker zusammen und bilden gemeinsam eine kleine Verhöhnergruppe. Die Patientenband LAST EXIT macht einen Abendausflug, sagt Dr. Adrian und lacht spöttisch. Was immer wir tun, sagt Dr. Adrian, es findet immer dasselbe statt, die Verwandlung von normalem Leben in formalisiertes Leben. Wir gehen an einem Musikaliengeschäft vorbei, in dessen Schaufenster stark verbilligte Gitarren ausgestellt sind. Dr. Adrian und ich erzählen einander, daß wir in unserer Jugend Gitarristen hatten werden wollen, was zwischen uns eine gewisse Gemeinschaftlichkeit hervorbringt. Ich betrachte einen älteren Bauern, der einen Feldweg entlanggeht. Der Mann trägt ein rundes Brot unterm linken Arm. Es gefällt mir die Art, wie sich der Bauer das Brot eng an den Körper drückt, so daß Brotlaib und Menschenleib plötzlich zusammengehörig erscheinen. Ich will Dr. Adrian auf den Mann aufmerksam machen, aber dann sagt Dr. Adrian: Die abendländische Rationalität ist noch lange nicht auf dem Höhepunkt ihrer Melancholie angekommen. Ich stimme zu, obwohl ich nicht genau weiß, wovon Dr. Adrian spricht. Auch unter den anderen Patienten sind leise Unterhaltungen entstanden. Ich frage mich, warum ich an einen Bildungsangeber geraten bin. Ich möchte mich von ihm lösen, aber ich weiß nicht, wie ich das anstellen soll. Zwischendurch will ich zu Dr. Adrian immer wieder sagen: Suchen Sie sich einen anderen, ich bin zu alt für Ihre kleinstädtische Wichtigtuerei. Die Wahrheit ist: Ich bin selbst ein Bildungsangeber. Nur deswegen fallen mir andere Bildungsangeber sofort auf. Wir betreten einen großen Saal, der ringsum mit schwarzen Stoffgardinen ausgeschlagen ist; wahrscheinlich, damit man die Sport- und Klettergeräte an den Wänden nicht sieht. Die Halle ist nicht einmal zur Hälfte gefüllt, was mir angenehm ist. An einer Theke gibt es Bier, Wein, Wasser und Apfelsaft. Auf den Eintrittskarten ist »freie Platzwahl« angekündigt. Das bedeutet, daß jeder mit einer Flasche oder einem Glas in der Hand irgendwo herumstehen darf. Vorne, erhöht auf einer Bühne, stehen die TAIFUNS. Zwei dicke Frauen spielen Gitarre (die eine singt dazu), drei magere Frauen spielen Schlagzeug, Baß und Saxophon. Schon nach kurzer Zeit breitet sich der Geruch nach Bier und Schweiß aus. Der Abend hat offenbar keine Struktur, denkt der Bildungsangeber in mir. Zum Glück kann ich den Satz für mich behalten. Meine Bildungsverschwiegenheit ist mein einziger Vorteil gegenüber den konventionellen Angebern. Die meisten Besucher trinken, nur wenige tanzen. Ich bin froh, daß Dr. Adrian von mir gewichen ist. Wenn ich es recht sehe, tanzt er mit Frau Nowak, einer Borderlinerin. Von Zeit zu Zeit dreht sich die Sängerin der TAIFUNS um und schaut sich die hintere Bühnenwand an. Ich betrachte ihren Rücken, und dabei fällt mir meine Mutter ein, wenn sie sich, als ich Kind war, von mir abgewandt hatte und den Raum verließ. Die Sängerin dreht sich wieder um und zeigt ihr verdrossenes Gesicht, ebenfalls wie meine Mutter. Ich stelle mir vor, meine Mutter wäre Gitarrespielerin und Sängerin geworden und hätte abends das Haus verlassen, um ihre Auftritte zu absolvieren. Ich male mir aus, ich wäre ihr gefolgt und hätte gesehen, daß sie als Frontfrau einer Popgruppe eine faszinierende Frau gewesen wäre. Wie komme ich nur dazu, mir derartig übertriebene Hoffnungen zu machen! Denn ich hätte natürlich entdecken müssen, daß sie auch als Gitarrespielerin und Sängerin genau das gleiche öde Huhn gewesen wäre wie zu Hause auch. Ich wäre fassungslos gewesen und wäre auf dem Heimweg in ein Weinen ausgebrochen.

Rock me, singt die Sängerin, aber man glaubt ihr nicht, daß sie gerockt werden will. Sie bewegt sich mäßig in den roten, gelben und blauen Spotlights und zeigt dabei ihre Hüften, ihre Haut und ihren Ledergürtel. Ich tanze mit Frau Gschill, der Autistin, worauf ich mich besser nicht eingelassen hätte. Sie versucht schon nach kurzer Zeit, mich zu küssen. Ich komme mir eher geleckt als geküßt vor, was Frau Gschill nicht zu stören scheint. Ich bin natürlich, wie fast immer, selbst schuld. Ich hatte mir mit Frau Gschill ein kleines Abenteuer ausgedacht. Ich habe schon lange keinen Intimbesuch mehr gehabt. Es gibt eine Kliniksexualität, wie es eine Urlaubssexualität und eine Fasnachtssexualität gibt; sie entsteht nur durch die vorübergehende Alltagsferne der Menschen. Aber Frau Gschill hat offenkundig kein Empfinden dafür, daß unsere Annäherung total mißlingt. Schlagartig begreife ich, was Autismus ist. Frau Gschill lebt ganz und gar auf sich selbst bezogen. Sie bemerkt kaum, daß es ein *anderer* Mensch ist, mit dem sie tanzt, und es ist ihr gleich, daß dieser andere Mensch (ich) ihren Nikotinschlund nicht ertragen kann. Ich glotze Frau Gschill an, wie man jeden anglotzt, dessen Erkrankung plötzlich klar wird. Ich behaupte, daß ich dringend aufs Klo muß, was Frau Gschill ebenfalls nicht irritiert. Immerhin gelingt mir auf diese Weise die Flucht. Wenig später stehe ich wieder neben Dr. Adrian, der vom Plan seiner Frühverrentung spricht. Das Allerwichtigste ist, sagt er, man muß zwei Ärzte finden, die bescheinigen, daß man arbeitsunfähig geworden ist. Mit glücklichem Gesicht betont Dr. Adrian, daß er zwei solche Ärzte gefunden hat. Anfangs kommt mir das Thema Frühverrentung so belanglos vor, daß ich das Rockkonzert verlassen möchte. Aber dann beginne ich mich zu fragen, ob Frühverrentung nicht auch für mich eine Möglichkeit ist. So gesehen könnte der Aufenthalt in der Klinik meinem Leben eine entscheidende Wende geben. Dr. Treukirch wird sicher bereit sein, mir eine der erwünschten Bescheinigungen auszustellen. Neugierig lausche ich den Details von Dr. Adrians Plan.

ELF

Auch in den folgenden Tagen suche ich die Nähe von Dr. Adrian. Er ist Anfang Fünfzig, gutaussehend, schlank, intelligent, angenehm im Umgang, von Beruf Meteorologe in einer norddeutschen Wetterstation. Warum er in der Klinik ist, sagt er nicht und ich frage nicht danach. Auch ich rede nicht darüber, warum ich hier bin, einmal abgesehen davon, daß ich Schwierigkeiten hätte, meine Störung korrekt zu beschreiben. Eines meiner leichteren Probleme ist, daß ich mich nicht wirklich für meine Krankheit interessiere. Daß ich überhaupt als krank gelte, beleidigt mich so sehr, daß ich mein Desinteresse für plausibel halte. Ich versuche, meine Neugier auf die Frühverrentung nicht offen zur Schau zu stellen; ich warte ab, bis Dr. Adrian freiwillig davon spricht, was er gern tut. Er stellt die Frühverrentung als einen großen Erfolg seines Lebens dar. Gelegentlich schildert er die bedrückenden Arbeitsverhältnisse in seiner Wetterstation (Mobbing, keine Aufstiegsmöglichkeiten, Kränkungen durch den Chef). Er wohnt mit Frau und zwei schulpflichtigen Kindern in einem kleinen Dorf in Friesland. Ich will, habe ich neulich zu Dr. Adrian gesagt, ein zarteres Leben als das, was ich bisher hatte, und ich glaube, daß die meisten Menschen das ebenfalls wollen, aber nicht wissen, wo sie nach einem zarteren Leben suchen sollen. Ebendiese Suche ist das Thema der Schule der Besänftigung. Dr. Adrian war, glaube ich, von dieser Auskunft beeindruckt, obgleich ich auch merkte, daß er nicht genauer informiert werden wollte. Mit eintägiger Verspätung erschrak ich darüber, daß ich noch einmal (und wieder) von der Schule der Besänftigung gesprochen habe. Deswegen nehme ich meine Tabletten in diesen Tagen besonders regelmäßig. Ich habe Angst vor einer neuen Verwirrung. Gestern abend, allein im Bett, hatte ich das Gefühl, das Wiederauftauchen der Schule der Besänftigung sei das Ankündigungszeichen eines neuen Schubs. Dann aber verlor sich die Schule in meinen Phantasien. Ich wage nicht das Geständnis, daß mich vor allem formale Fragen der Frühverrentung interessieren. Ich müßte Dr. Treukirch direkt fragen können, ob ich noch einmal werde normal arbeiten können. Auch Dr. Adrian ist mit seinem Therapeuten zufrieden. Er fühlt sich von ihm gut verstanden und liberal behandelt. Er hat von ihm die Erlaubnis für eine nächtliche Wanderung bekommen, die er nächster Tage antreten wird. Natürlich hat die Wanderung einen therapeutischen Hintergrund. Dr. Adrian möchte mit einer Nacht im Freien seine Lebensangst sowohl bearbeiten als auch ausdrücken, besonders seine Angst vor Lebensverfehlung und Lebensverpfuschung. Auch ich fühle mich in der Klinik inzwischen sicher und beruhigt. Seit Tagen liebäugle ich mit der Vorstellung, so lange wie möglich hierzubleiben. Die anfängliche Kränkung, daß mir ein Klinikaufenthalt niemals hätte »zustoßen« dürfen, löst sich mehr und mehr auf. Ich kann das Verschwinden dieses Gefühls weder erklären noch darstellen, schon gar nicht gegenüber Traudel. Ich habe einen herzergreifenden Brief von ihr erhalten. Noch einmal bereut sie, daß sie mich hierhergebracht hat, und bittet um Verzeihung. Sie spürt, schreibt sie, daß mir die Verzeihung schwerfällt, und sie weiß nicht, wie sie mich seelisch umstimmen soll. Sie versichert mich ihrer tiefen Liebe und fragt, wann sie mich wieder besuchen darf. Der Brief rührt mich, aber ich weiß nicht, was ich antworten soll. Daß ich vorerst nicht von hier weg möchte, darf ich Traudel nicht mitteilen; den Plan der Frühverrentung ebenfalls nicht. Traudels Moralismus könnte eine solche Strategie der Lebenserleichterung niemals gutheißen. Ich darf sagen, daß mir eine solche Ruhe, wie ich sie hier gefunden habe, nie zuvor zuteil geworden ist. So ohne Furcht- und Angstbilder, fast auch ohne Gedächtnis, wie ich zur Zeit meine Tage durchlebe, ähnle ich einem Insekt, das jeden Tag ohne Anstrengung seine Nahrung und am Abend seinen Schlafplatz findet. Gut, die Ausgeglichenheit ist künstlich, sie geht auf die Tabletten zurück, die ich jeden Tag schlucke. Zur Zeit nehme ich Fluoxetin, Zoloft, Mirtapazin, Cipralex und Modafinil. Da ich diese (oder andere) Tabletten täglich werde einnehmen müssen, darf ich meinen gegenwärtigen Zustand auch für meinen zukünftigen halten. Dieser Tage las ich auf dem Schaufenster eines Friseurs den Spruch: Was Friseure können, können nur Friseure. Einige Minuten lang hielt ich den Satz für eine tiefe Wahrheit. Ich versank in Nachdenken darüber, worin die Wahrheit des Spruchs besteht, und ich bewunderte wie schon lange nicht mehr die Fähigkeit der Sprache, eine Wahrheit zu zeigen und sie gleichzeitig zu verbergen. Kurz darauf verließ ein älterer Mann mit zwei Krücken den Friseursalon. Es dauerte, bis er umständlich die drei Stufen vor der Tür des Friseursalons herabgestiegen war und die beiden Krücken in seine Bewegungen integriert hatte. Plötzlich dachte ich: Nur ein Mann mit zwei Krücken geht wie ein Mann mit zwei Krücken. Ich kicherte und hatte das schöne Gefühl, über die prachtvolle Angeberei der Sprache triumphiert zu haben. Erst jetzt bestaunte ich das Täuschungsgehabe des Satzes auf der Schaufensterscheibe. Das Gehabe funktioniert nur, weil der Satz die riesige Menge unseres Nichtkönnens elegant unter den Tisch fallen läßt. Genau so mußt du in Zukunft leben, dachte ich. Aber habe ich nicht schon immer so gelebt?

Ich kicherte nochmal. Weil ich nicht wollte, daß der Mann mit den zwei Krücken mein Lachen auf sich bezog, entfernte ich mich rasch. Im Weggehen empfand ich Schmerz darüber, weil ich über all das, was ich soeben gesehen, gedacht und empfunden hatte, mit niemandem würde sprechen können. Insofern verlangte es mich nach Traudel. Aber ich hatte plötzlich auch Sehnsucht nach meinen toten Eltern, was mich verwunderte. Meine Eltern sind schon seit vielen Jahren tot, und es ist schon sehr lange her, daß ich sie so heftig zurückverlangte wie in diesen Minuten.

Ich sah meinen Vater vor mir, wie er sich, müde von der Arbeit, schon früh am Abend ins Schlafzimmer zurückzog. Viele erwachsene Männer trugen damals keine Schlafanzüge, sondern Nachthemden. In einem weißen, fast bis auf den Boden reichenden Nachthemd erschien Vater in der Küche. Wir, die Kinder, waren dem Lachen nahe. Auch Mutter, die mit uns in der Küche saß, fand den Anblick des Vaters peinlich beziehungsweise komisch beziehungsweise tragikomisch. Sie grinste uns versteckt an, was einerseits Solidarität mit uns ausdrückte, aber gleichzeitig die Anordnung enthielt, das Lachen auf alle Fälle zurückzuhalten. Genauso geschah es. Wir betrachteten das langsame Umherschlurfen des Vaters, besonders die Art, wie er nach dem Wecker griff und ihn langsam aufzog, bis die Feder im Wecker zu ächzen begann und das Aufziehen schwerer wurde. Danach drückte sich Vater den Wecker gegen die Brust, sagte Gute Nacht allerseits und verschwand. Einige Minuten lang saßen wir erstarrt in der Küche und hielten uns den Mund zu. Erst nach drei oder vier Minuten, als es ganz still geworden war, schaltete Mutter das Radio ein. Wir drückten uns Kissen gegen das Gesicht und lachten so leise wie möglich in diese hinein. Überwältigt von der Erinnerung legte ich eine Gedenkminute für den toten Vater ein. Es überraschte mich, wie heftig mich die unverdiente Verhöhnung des Vaters heute schmerzte. Ich setzte mich auf eine Bank, sah in die Gegend und verwand oder verwand nicht, daß von einer lächerlichen Kindheitsszene eine so starke Erschütterung ausging.

Am späteren Nachmittag (in der Klinik wird es langsam still) treffe ich mich mit Dr. Adrian. Er hat eine Schaumstoffunterlage, eine Wolldecke, ein Proviantpaket, ein Eßgeschirr und andere Kleinigkeiten zu einem Bündel zusammengeschnürt. Dr. Adrian wird die kommende Nacht als Obdachloser verbringen. Es ist für ihn nicht die erste Nacht dieser Art. Die Erlaubnis seines Therapeuten bedeutet, daß die Unternehmung als hilfreich gilt. Auch mir hat Dr. Treukirch die Teilnahme erlaubt. Wozu ich sagen will, daß eine Nacht als Obdachloser für mich keine therapeutische Erschließungskraft hat. Eher im Gegenteil; eine solche Nacht würde meine Zukunftspanik nur verstärken. Deswegen werde ich nur die erste Hälfte der Nacht mit Dr. Adrian herumziehen. Dann werde ich mich verabschieden und in die Klinik zurückkehren. Mein Motiv ist nach wie vor, daß ich von Dr. Adrian mehr über die Probleme der Frühverrentung erfahren will. Ich bin in derlei bürokratisch-verwaltungsmäßigen Vorgängen unerfahren und vermutlich auch ungeschickt. Man muß mir die einfachsten Verwaltungsschritte drei- bis viermal erklären, bis ich sie wenigstens verinnerlicht, wenn auch noch immer nicht vollständig verstanden habe. Aus Gesprächen mit Dr. Adrian ist mir (zum Beispiel) inzwischen bekannt, daß die Bundesversicherungsanstalt (dieses Wort!) von Zeit zu Zeit nachprüft, ob der einmal zuerkannte Status der Arbeitsunfähigkeit immer noch gegeben ist. Ich hatte bis dahin angenommen, daß die Arbeitsunfähigkeit, ist sie einmal erreicht, für immer gültig ist. Dem ist nicht so. In regelmäßigen Abständen will die Bundesversicherungsanstalt von Fachärzten darüber informiert werden, ob die Arbeitsunfähigkeit anhält oder ob der eine oder andere Frührentner nicht doch wieder arbeitsfähig ist. Diese Information hat meine Pläne zunächst ins Wanken gebracht. Aber dann hat mich Dr. Adrian beruhigt. Die Nachprüfung läuft weitgehend formalisiert ab; man geht nur zu seinem Gutachter, holt sich einen Stempel ab und schickt die Bestätigung zurück an die Anstalt.

Die Klinik liegt auf einer niedrigen Anhöhe am Rand der Stadt. Man braucht, um in die innere Stadt zu gelangen, etwa fünfzehn Gehminuten, die wir in Kürze hinter uns haben. Ich habe keine Ahnung, welche Richtung Dr. Adrian dann einschlagen wird. Im Vorübergehen betrachte ich Obdachlose, die bis in den Klinikbereich vorgedrungen sind. In den Augen der Obdachlosen sind die Patienten begüterte Menschen. Deswegen ist es für sie aussichtsreich, die Abfallkörbe der Umgebung zu untersuchen. Sie wühlen mit bloßen Händen in den Körben herum und beachten die anderen Menschen nicht. Es sind nicht mehr alle obdachlos Scheinenden wirklich obdachlos. Die neue Armut ist inzwischen auch zu vielen in noch ordentlichen Verhältnissen lebenden Menschen vorgestoßen. Diese müssen von Zeit zu Zeit losziehen und sich nach brauchbaren Fundstücken umschauen. Und es gibt (das weiß ich, seit ich in der Klinik bin) Menschen mit krankhaften Suchzwängen, die an keinem Behälter vorübergehen können, ohne im Detail nachgeprüft zu haben, was sich darin befindet, auch wenn sie nichts davon wirklich mitnehmen wollen. Ich versuche, Dr. Adrian so unauffällig wie möglich auf das Thema Frühverrentung hinzulenken. Wie nebenbei sage ich: Mein Plan ist, so lange wie möglich in der Klinik zu bleiben. Aber Dr. Adrian springt nicht an. Rastlos beobachte ich, was andere Menschen um mich herum tun und was ich nicht tue. Es beruhigt mich, Details zu entdecken, die zwischen mir und den anderen liegen. In der Wahrnehmung dieser Differenz lebt mein Ich. Ich weiß nicht, warum mir jetzt ein Bild aus dem vorigen Winter einfällt. An einem Sonntagmorgen schneite es stark. Durch den fallenden Schnee hindurch sah ich von unserem Wohnzimmer aus in einem Fenster gegenüber eine Frau in weißer Unterwäsche. Plötzlich, durch den Anblick des weißen Schnees, der weißen Unterwäsche und der weißen Haut der Frau, war ich von jeglichem Denken befreit. Es beginnt zu tröpfeln, was Dr. Adrian nicht zu stören scheint. Wir durchqueren die Stadt und verhöhnen die kleinen spießigen Läden. Die Verachtung für das Glück der Kleinstadtbewohner bringt eine brauchbare Stimmung zwischen uns hervor. Eine Weile findet nichts statt außer Regen und Schritte und Schweigen. Ich frage mich, ob ich mich von Dr. Adrian schon jetzt verabschieden soll.

Stört Sie das Wetter? fragt Dr. Adrian.

Bis jetzt nicht allzu sehr, antworte ich.

Haben Sie besondere Empfindungen?

Ich habe im Augenblick keine Empfindungen, sage ich.

Das macht der schöne Regen.

Ich lache ungläubig.

Ich bin schon als Kind gerne im Regen umhergelaufen, sagt Dr. Adrian; die Tropfen auf der Haut waren eine gute Botschaft, wenn ich wegen irgend etwas niedergeschlagen war.

Aha, denke ich, da ist sie schon, die Melancholie. Deutlicher werden wir nicht. Ich weiß nicht, auch nicht per Gerücht, wovon Dr. Adrian gesundheitlich beeinträchtigt ist, und ich werde ihn nicht fragen. Es ist gleichgültig, ob wir unser Problem eine unipolare Depression, eine mittelschwere Melancholie, eine bipolare Störung, ein autistisches Syndrom, eine akute Angstneurose oder sonstwie nennen. Dr. Adrian nimmt Remergil, Serotonin, Noradrenalin und, wie ich, Cipralex. Er klagt über Hemmungen, Antriebsschwäche und Weinerlichkeit.

Weinerlichkeit, frage ich, wobei?

Ganz verschieden, sagt Dr. Adrian. Neulich lag ich im Bett und hörte im Radio einen Bericht über eine Oscar-Verleihung in Hollywood. Eine Schauspielerin mußte weinen, als sie den Preis entgegennahm und sich bedanken wollte. Vor lauter Schluchzen konnte sie nicht sprechen. Nach einer Weile kamen auch mir die Tränen! Dabei kannte ich weder die Schauspielerin noch den Film, in dem sie mitgespielt hatte. Hollywood ist mir total wurscht! ruft Dr. Adrian aus.

Am Ende der Hauptstraße, auf der linken Seite, liegt der mit roten und blauen Lichtsäulen eingerahmte Eingang einer Peep-Show. Dr. Adrian meint scherzhaft, wir sollten uns, bevor unsere Obdachlosennacht beginnt, noch ein paar schöne Anblicke gönnen. Ich bin unentschieden, weigere mich aber nicht, das heißt ich passe mich an wie so oft und ärgere mich darüber lautlos. Wir betreten einen großen Raum, in dessen Mitte eine Art Panorama-Kuppel aufgebaut ist. Rund um die Außenwand befinden sich Kabinentüren, eine neben der anderen. Die Türen der meisten Kabinen stehen offen, offenbar ist der Anblick nackter Frauen nicht mehr der letzte Schrei. Um Geld zu sparen, zwängen wir uns zu zweit in eine der schon für *einen* Benutzer engen Kabinen. An der vorderen Wand befindet sich ein Guckloch, das sich nach jeweils einer Minute selbständig schließt. Dr. Adrian beugt sich zuerst nach vorne, er schaut und schweigt etwa eine halbe Minute, dann darf ich. Ich sehe eine blonde, nicht mehr junge Frau, die sich auf einer Drehscheibe räkelt. Ihre Brust ist unverhüllt, unten trägt sie einen Tanga, der von ihrem Geschlecht viel preisgibt, weil die Frau während ihres Auftritts die Beine geöffnet hält. Ich werfe einen weiteren Euro in den Automaten. Dr. Adrian schaut nur kurz, er will mir den Vorblick lassen. Ich sehe eine kleine, fast weisshäutige Asiatin, vermutlich eine Japanerin. Ihr Gesicht ist ernst, reglos und traurig. Sie ist vollständig nackt, was sonderbar wirkungslos bleibt, weil alles an ihr klein ist, auch ihre Geschlechtsteile. Ich betrachte den nicht mehr frischen Lack auf ihren Fussnägeln, in dessen Abgesplittertheit sich die Trauer der Frau zeigt. In diesen Sekunden merke ich, wie sich die Hand von Dr. Adrian von aussen auf meinen Hosenladen legt. Sofort ist klar, warum Dr. Adrian mit mir in *eine* Kabine wollte. Ich beuge den Oberkörper nach oben, schiebe seine Hand beiseite und sage knapp: Das nicht. Und verlasse die Kabine. Dr. Adrian bleibt zurück, was mich erleichtert. Es ist das erste Mal, dass ein erwachsener Mann homosexuelle Kontakte zu mir sucht. Nur als Schüler, etwa mit dreizehn, hatte ich eine kurze gleichgeschlechtliche Phase, die sich nicht vermeiden liess, weil Gruppenonanie in dieser Zeit eine Art Jugendbewegung war. Ich sehne mich ein bisschen nach der kleinen Japanerin in der Peep-Show. Wahrscheinlich ähnelt ihre Trauer entfernt der meinen. Ich stehe herum und weiss nicht, was ich machen soll. Du könntest Traudel anrufen, denke ich, komme aber wieder davon ab. Es ist wie so oft: Es ereignet sich nichts, und jetzt bin ich auch noch froh drum. Unentschlossen gehe ich zurück in Richtung Klinik. Es ist Spätnachmittag, die Stadt belebt sich ein wenig. Schon jetzt ekle ich mich vor dem Abendbrot in der Klinik. Immer dieser Jugendherbergstee und zu oft die scheussliche Gelbwurst! Dieser Tage bin ich mit einem Buch zu Tisch gegangen. Ich las nur, um die Scham beim Essen zu mildern. Und gleich auch die nachfolgende Scham, dass ich nur selten weiss, warum ich mich schäme. Aber deswegen bin ich ja wahrscheinlich hier. Ich habe keine Lust mehr, an dieser immer noch zunehmenden Kompliziertheit teilzunehmen. Das Leben wird derart unaufklärbar, dass ich immer öfter Generalverzicht üben möchte. Aber dann verzichte ich auch auf den Generalverzicht und rutsche in das mir vertraute Gefühl der Kläglichkeit hinein, von dem ich auch nichts mehr wissen will. Dabei habe ich schon länger den Eindruck, daß die Kompliziertheit, obwohl *ich* ihr Austragungsort bin, gar nicht von mir stammt. Ich muß sie von einem Unbekannten übernommen haben. Es handelt sich um eine Fremdkompliziertheit, wenn es so etwas gibt. Das soeben in die Welt getretene Wort Fremdkompliziertheit hebt plötzlich meine Laune. Eine Art Stolz über meine erfinderische Worttätigkeit durchflutet mich. (Dieser überraschende Wechsel der Stimmungen ist ein wichtiger Teil der Fremdkompliziertheit.) Ich gehe am Schaufenster einer Bäckerei vorüber und sehe darin ein großes rotes Marzipanauto mit weißen Marzipanrädern. Am Steuer sitzt ein brauner Marzipanhase mit nach hinten wegfliegenden Marzipanohren. Ich überlege eine halbe Minute, ob ich mir einen Marzipanhasen kaufen soll, da schwirren von rechts drei junge Frauen herbei. Sie gehen nebeneinander und sind eingehenkelt, sie kichern und riechen abwechselnd an einer Fliederdolde, die eine der Frauen in der Hand hält. Die Frauen tragen kurzärmlige, luftige Blusen mit tiefen Ausschnitten, außerdem blaue Fabrikschürzen mit Latz. Vermutlich sind es Schichtarbeiterinnen, die hier eine Pause mit einem Spaziergang füllen. Es macht ihnen nichts aus, daß sie auch außerhalb der Fabrik als Arbeiterinnen erkennbar sind. Die wippende Fliederdolde wandert von Hand zu Hand und verleiht den Frauen eine schöne Anmut. Vermutlich aus Dankbarkeit folge ich den Frauen ein bißchen, weil sie mir helfen, mein Erlebnis in der Peep-Show innerlich aufzulösen. Die Frauen betreten das einzige Kaufhaus des Ortes und bleiben vor einer Theke der Abteilung Brautmoden stehen. Offenbar will eine der Frauen demnächst heiraten und braucht Hochzeitskleidung. Die Arbeiterinnen lachen und erröten und legen die Fliederdolde vorübergehend auf der Theke ab. Ich stehe ein wenig abseits und falle wahrscheinlich nicht auf. Eine Verkäuferin legt Brauthandschuhe vor, ellenlange, weiße, seidene, wundervoll schimmernde Handschuhe. Die heiratswillige Arbeiterin stürzt sich auf die Handschuhe und probiert sie nacheinander an. Die Handschuhe reichen ihr bis unter die Achselhöhle, aber dann zeigt sich ein Problem. Die Brauthandschuhe halten nicht. Die Arme der Arbeiterin sind zu dünn, immer wieder rutschen die Handschuhe herunter und sehen dann zusammengeschoben und ein bißchen häßlich aus. Die Arbeiterin verlangt nach weiteren Handschuhen, aber alle sind so geschnitten, daß sie oben, am Ende der Oberarme, deutlich weiter werden, und für diesen Zuschnitt sind die Arme der Braut zu mager. Die Verkäuferin sagt zu einer Kollegin: Für die Spuchtelarme der Kleinen ist alles zu groß. Die Arbeiterinnen haben das Wort zum Glück nicht gehört. Die beiden Verkäuferinnen lachen verhalten. Ich weiß nicht, was Spuchtelarme sind, aber es muß etwas Abschätziges sein. Die Kollegin bringt kurzärmelige Brauthandschuhe, aber die Braut will keine kurzärmeligen Handschuhe anprobieren. Sie will wenigstens bei ihrer Hochzeit ihre Magerkeit verbergen. Die kleine Frau mit den dünnen Armen schiebt jetzt alle Handschuhe zurück, bedankt sich und wendet sich ab. Wenig später haken sich die Frauen unter und verlassen das Kaufhaus. Sie vergessen die Fliederdolde, sie bleibt auf der Theke zurück. Ich folge den Frauen, schaue ihnen draußen eine Weile nach, dann setze ich mich auf einen Brunnenrand. Von hier aus sehe ich in eine Hofeinfahrt, die ich von früheren Blicken schon kenne. Links und rechts an den Hauswänden der Einfahrt stehen schwere Arbeitsschuhe mit Lehmklumpen an den Sohlen. Hinten ist eine graue Mauer sichtbar, davor eine Wäscheleine, an der dunkle Männerhemden hängen. Von meinen früheren Einblicken weiß ich, daß bald ein Huhn erscheinen und an der hinteren Mauer entlanggehen wird. Das Huhn lebt als einziges Huhn in diesem Hof und hat offenbar kein Bedürfnis, durch die stets offene Hofeinfahrt zu entkommen. Ich überlege, von welchem meiner Erlebnisse ich später Dr. Treukirch berichten werde. Von der Enttäuschung mit Dr. Adrian? Von den Spuchtelarmen der kleinen Frau? Vom Warten auf das Huhn? Nach zehn Minuten stehe ich auf und gehe in Richtung Klinik. Eine Art Glück durchzittert mich. Offenbar kann ich, trotz allem, immer noch wählen, wie ich in Zukunft leben will.